中国散文 60 强

寂寞书

蒋　蓝/著

U0782645

北京联合出版公司
Beijing United Publishing Co.,Ltd.

图书在版编目（CIP）数据

寂寞书 / 蒋蓝著. -- 北京 ：北京联合出版公司，
2024. 8. --（中国散文60强）. -- ISBN 978-7-5596
-7827-0

Ⅰ. I267

中国国家版本馆CIP数据核字第2024XU6972号

寂寞书

作　　者：蒋　蓝
出 品 人：赵红仕
出版监制：张晓冬
责任编辑：李艳芬
特约编辑：和庚方　张　颖
封面设计：立丰天

北京联合出版公司出版
（北京市西城区德外大街83号楼9层　100088）
三河市同力彩印有限公司印刷　新华书店经销
字数150千字　650毫米×920毫米　1/16　14印张
2024年8月第1版　2024年8月第1次印刷
ISBN 978-7-5596-7827-0
定价：65.00元

中华散文的文脉与发展

——"中国散文 60 强"总序

邱华栋

中国是诗的国度，亦是散文的国度。

穿越千年时空，从明清至唐宋，再由魏晋南北朝至两汉先秦一路回溯，汉语言文学中的散文实乃根深叶茂，硕果累累。无论是"唐宋八大家"之雄文美文，还是骈俪多姿的辞赋，以及名垂史册的《史记》《左传》，均为中国文学史上的璀璨明珠。"散文"与"诗"一道，成为中国文学的"嫡系"。尽管，后来从西方引进嫁接技术所催生的"小说"，大有"喧宾夺主"之势，终究还得"认祖归宗"，血脉和基因是无法改变的。

在中国散文流变历程中，曾出现过两次鼎盛期。一次是被文学史家所公认的"先秦散文"时期。其时，伴随着春秋时期的思想解放，诸子蜂起，百家争鸣，一大批散文家以饱满的气血、驳杂的学识和破茧的精神，创造出了散文的繁荣和辉煌局面，对后世产生了极大的影响。

到了"五四"时期，中国散文迎来了第二次鼎盛期。白话文如劲风激浪，吹刮和涤荡着神州大地。沉睡的雄狮醒来了，偃卧的小草开始歌唱。许多学贯中西的进步文人，肩扛文化变革的大纛，冲锋陷阵，掀起了一波又一波的新文学浪潮。《新青年》上刊载的散文，犹如一束束亮光，不但给人以希望，还给人以力量。"五四"以来的散文作品,无论是观念和主题,还是形式和风格,都跟以往的散文迥然不同。最具代表性的,当属鲁迅先生的散文(包括杂文),其刚健、凌厉的文质,疗救了中国散文长久以来颓靡不振、钙质疏流的顽疾。此外,周作人、郁达夫、朱自清、萧红、沈从文等一大批作家的散文创作亦各具特色,呈一时之盛,影响深远。

时代的前行催生了文学的发展,然而文学与时代有时并不同步甚至充满了"张力场"。"五四"的个性解放虽然催生了一批个性鲜明的散文精品,但这样的生态并未持续多久,中国散文的波峰出现了向低谷滑行的趋势。有论者指出,"散文在 50 年代既是对解放区散文文体意识的放大,又是对五四散文文体精神的进一步偏离。这种放大和偏离表现在个体性情的抒发让位于时代共性或者时代精神的谱写,政治标准优先于艺术标准,批判性为歌颂性所取代等诸方面。"(董健、丁帆、王彬彬《中国当代文学史新稿》)1960 年代初,散文创作一度出现了活跃,"专业"从事散文创作的作家群凸显出来,刘白羽、杨朔、秦牧相继登场,迅速成为散文界的三位名家。但他们的作品后人评价褒贬不一,认为其中颂歌式的写法较为单向,这种模式化的写作,不但对散文的建设毫无益处,反而扼杀了散文的个性和神采。

"文革"十年,中国散文更是一片凋零和荒芜,乏善可陈。1970 年代末,一些历经浩劫的作家开始复血,解除思想枷锁,重新拿起笔来写作,中国散文才又凤凰涅槃,焕发生机。加之各种文学刊物纷纷复刊和创刊,以及大量西方文化读物的译介出版,更为这些饥渴、桎梏太久的散文作者提供了登台亮相的舞台和瞭望世界的窗口。

1980 年代初期,伴随改革开放的热潮,思想解放大旗招展,文化随之繁荣,诸多承续"五四"精神的作家以笔为旗,抒发胸中压抑既久之块垒,出现了一批抒情性质浓郁的散文,使得现代散文这块"百花园"芳菲争艳,蔚为大观。特别是 1980 年代中期,随着作家主体意识的不断强化,中国文学开始呈现出一个崭新局面,作家从"集体意识"中抽身而出,重新返回"个体",注重对生活的体察和内在情感的表达。这一时期,散文的艺术性得以强化,文本的精神内涵和表现空间得以拓展。

进入 1990 年代，社会发展日新月异，城镇化进程锐不可当，文化领域亦呈多元格局。各种文学思潮相互碰撞，人文精神的讨论更是打开了作家们的创作思路。"大散文"概念的提出，引发了散文界对散文的内涵和外延的重新讨论和界定。风靡一时的"文化散文"热，成为文坛上一道靓丽的风景。"新散文""原散文""后散文""在场散文"等散文流派"你方唱罢我登场"，争奇斗艳，各领风骚。

及至二十世纪末，一批深具先锋意识和文体自觉的新锐作家，像一头公牛闯入瓷器店，使散文天地发生了激烈的碰撞和变化，形成一股新的散文潮流，提升了散文的审美品质和精神向度。

纵观 1978 年至 2023 年四十多年来，中华大地在"改开"的黄金时代中，社会生活奔涌激荡，各种思潮风起云涌，散文创作更是云蒸霞蔚、气象万千，涌现了众多成就斐然、风格各异的散文作家和具有思想深度、艺术上乘的散文作品。岁月的流水冲走了枯枝败叶和闲花野草，中流砥柱却巍然屹立。时间留住了新时代的散文经典，经典在时间的长河中绽放光芒。以沙里淘金的经典散文向"改开"的时代致敬，是我们不可推卸的责任和义务。

别看散文的门槛貌似很低，要真正写好，却实属不易。优质散文是有难度的写作，它不但需要作者的智识、胸襟、眼界、修养和气度格局；更需要写作者的态度、立场、慈悲、良知和批判勇气。遗憾的是，散文创作繁荣和光鲜的另一面，却是大量平庸甚至低劣之作的泛滥，不但败坏了读者的胃口，而且造成了物质和精神的极大浪费。散文作家层出不穷，散文作品汗牛充栋，可真正能让人记住的散文佳构却凤毛麟角。

散文要发展，文学要前行。发展和前行就要从平庸的樊篱中突围。在突围的过程中，散文作家不可太"聪明"，不可太世故，要永存对文学的敬畏之心。一言以蔽之，散文的尊严来自散文作家的尊严。也可以说，要想散文繁荣，首先需要有一批人格健全，品德高尚，铁肩担道义的散文作家。什么样的人写什么样的文章。特别是写散文，最容易看出一个作家的内在品质和境界涵养。一个人格不健全的人，哪怕他作文的技法再高妙，也很难写出撼人心魄、抚慰灵魂的散文来。作家精神品质的高低，直接决定其作品的精神向度。

为了散文写作的突围和发展，为了建设独具特质的当代散文，也是为了更好地从经典散文中汲取营养，我认为有必要正视和重申一些常识性的思考。高头讲章的理论是灰色的，常识之树却葳蕤常青。

一、作家的个体精神决定散文的优劣。常言道，散文易学而难攻。难在什么地方，不是难在技巧，而是难在作家个体精神的淬炼上。倘若作家的个体精神不够丰富，不够深刻，不够清澈，纵使他手里握着一支生花妙笔，也写不出令人称赞的散文。那么，如何才能做到个体精神的丰富性呢，这就要求作家时时刻刻不背离生活，要知人情冷暖，体察人间百态，关心民瘼，有忧患意识，不要做生存的旁观者。一个冷漠甚至冷酷的人，是不适合从事散文创作的。

二、真诚是确保散文品质的基石。散文创作跟作家的生存经验息息相关，可以说，真正优质的散文，无不牵连着作家的血肉和心性。作家的喜怒哀乐，悲欢离合，都或隐或显地暗含在他的作品中。假如在一篇散文作品中，读者既看不到作者的体温，又看不到作者的态度，那这篇作品或许就是失败的。说明这个作者在他的作品中"说谎"或"造假"，缺乏真诚之心。作家一旦失去真诚，为文必定矫揉造作，作品也必定会失去生命力。因此，真诚是散文的"生命线"，也是"底线"。

三、个性是促进散文生长的养料。人无个性便无趣，文无个性便平质。当下，每年都会诞生数以万计的散文篇章，但能够让人记住，且读后还想读的作品并不多，何故？概在于这些数量庞大的散文，无论题材，还是语感都千篇一律，像是从"模具"中生产出来的，缺乏辨识度。散文要发展，必须要求作家具有"个性意识"。"个性意识"不是标新立异，更不是哗众取宠，而是一种"创新意识"和"审美意识"。但凡在散文创作方面被公认的那些大家，都是"文体家"，他们以自觉的写作实践，开创了散文写作的新路径。不合流俗方能独步致远，推动散文的建设和繁荣。

当然，以上几点并非创作散文的圭臬，谁也没有资格去为散文"立法"。

散文是自由的创造，散文精神即自由精神。我之所以提出来，仅仅是希望引起散文同行们的重视和参考，共同为中国当代散文的发展尽力增光。

我们策划、编选"中国散文 60 强"（1978—2023）的初衷，旨在对新时期以来的中国散文创作作出梳理、评价和选择，试图精选出风格各异的代表性散文作家，以每位一部单行本的形式，呈现出中国新时期优质散文的大体样貌。此项目的发起人为资深出版人张明先生。多年来，他一直追求做高品位的纯文学书籍，也曾连续多年与中国散文学会、中国小说学会合作，出版年度《中国散文排行榜》和年度《中国小说排行榜》。2023 年他策划出版了《中国小说100 强》，反响不俗。身处喧嚣、纷杂的环境，能以如此情怀和心力来为文学做如此浩大的工程，不能不令人钦佩！

感谢张明先生邀请我和叶梅、冯秋子、陆春祥、吴佳骏、张英、文欢组成编委会，共同遴选出 60 位作家。我们在召开筹备会的时候，即将作品的思想性、艺术性、代表性以及影响力作为编选的基本原则。在确定入选作家名单时，我们认真商讨，反复研究，生怕因为各自的眼力、审美和趣味之别，造成遗珠之憾。好在我们的工作得到了作家们的积极回应和鼎力支持，惠风和畅，大地丰饶。

60 位入选的作家，既有令人尊敬的文学大家，如孙犁、张中行、汪曾祺、史铁生、邵燕祥、流沙河、刘烨园、宗璞、贾平凹、韩少功、张炜、梁晓声、阿来、冯骥才等。这批散文大家的作品，文风质朴、清朗、刚健，充满了"智性"和"诗性"。无论他们是写怀人之作，还是针砭时弊，歌咏风物，都有着鲜明的文化立场和审美取向。他们或出入历史，借古观今；或提炼人生，洞明世事，输送给读者的都是难能可贵的"精神营养"。

也有被散文界公认的名家，如李敬泽、王充闾、马丽华、周涛、冯秋子、叶梅、筱敏、张锐锋、周晓枫、于坚、鲍尔吉·原野等。这些作家的散文作品，特色鲜明，风格独特，诚挚内敛，从内容到形式，都作出了各自的探索和尝试，为当代散文注入了活力。从他们的作品中，我们不但能够领略汉语之美，更可以借此反观生活与存在，寻找人之为人的价值和尊严。

还有散文界的中坚力量和青年才俊，如彭程、谢宗玉、江子、雷平阳、任林举、塞壬、沈念、傅菲、吴佳骏、周华诚等。从他们的作品中，我们见到的，不只是中国散文的文脉传承，更是自由精神的张扬。他们文心雅正，笔力锋锐，不跟风，不盲从，始终保持着独立的思索和判断，在各自所开辟的散文园地中精耕细作，以崭新的姿态参与和推动当代散文的变革。

其实，细心的读者不难发现，入选本丛书的老、中、青三代作家都有个共性，即他们均在以自己的作品审视心灵，心系苍生，弘扬真善美，鞭挞假恶丑，充满了正义感和人道主义精神。这自然与时下众多书写风花雪月，一己悲欢，充塞小情趣、小可爱的散文区别开来。正是因为有他们的存在，中国当代散文才呈现出一幅绚丽多姿的长卷。

需要说明的是，有些重要的散文家，如张承志、余秋雨、王小波、苇岸、刘亮程、李娟等人，由于版权或其他不可抗原因，未能将他们的作品收录进来，我们深以为憾。

我们还要感谢北京立丰天文化传播有限公司的资金支持，感谢北京联合出版公司的精心编校，他们慷慨和无私的义举，对于繁荣中国当代散文创作、对于赓续中华优秀散文文脉、对于中国新时期的文化积累，均具重大价值和意义，可谓善莫大焉。这套丛书的出版意义将同《中国小说100强》一样，旨在给读者以经典的指引，这既是一项重要的原创文学工程，同时也是助力推动全民阅读和研究传播文化的公益工程。

郁郁乎文哉，中国散文有幸！

是为序。

2024 年 5 月 12 日星期日

（作者为全国政协常委，中国作协副主席、书记处书记）

目 录
Contents

下辑：寂寞的造影

上辑：细节就是大光

狗托邦

意外倒下，却总是脑壳触地

2014 年 5 月 27 日，星期二。天气晴好。东边的暖云就像一个梦，斩头去尾，露出了妙曼的腰身。没有什么鱼肚白，那是死鱼的集体葬礼。

我一早即起，第一件事是泡茶。碧潭飘雪，要略带涩味儿的。简单活动身体，骨头从鼻梁、颈椎响到脚趾，好像拆散了一把枪又重新组装一回。吃过早餐就打开电脑……这几乎是我十几年来的生活流水。昨天看了一整天南充籍的旅法画家常玉的资料，他被誉为"东方的马蒂斯"。我的切入点是：他笔下的近十只造型奇异的豹子，或仰躺，或由下往上瞻望，豹子打穿了他的"粉色时期"和"黑色时期"，其中既有对一个著名女人的隐喻，也含有他的灵魂与道气的象征。我写了一个开头，满脑子是豹子玉体横陈、蓝空孤烟的意象，电话响了。

是保姆打来的。她在哭喊："小玉兰被抢走了。一下就抢走了。骑车跑了，我追不上……"

小玉兰是我家的白色贵宾犬，3 岁半。在 58 同城上找到，买回来时体重大约三两。这是怎么回事?！今天早上它没有吃狗粮，我知道它讨厌狗粮，悄悄喂了它半块明太鱼。这是家里人一再反对的，但我不管，悄悄喂。我在电脑前坐下，小玉兰立即来舔脚，只好抱它上来，坐在大腿上。它熟门熟路，吹一口大气，毛毯一般躺下。这已经是三年多来几乎每天的功课。每天上午保姆外出买菜，一般都带小玉兰一起去，遛狗、买菜两不误，也成为习惯。今早保姆再喊它，它没动。我拍拍它的屁股，它有些不情愿，回头看了我一眼，才懒懒地出去了。汪汪汪……

岂料，这就是最后一瞥?！

老实的保姆跌跌撞撞赶回来，菜也丢了，披头散发。她在低头选菜，空荡荡的菜摊前，一个中年男人像勤勉的家庭主妇那样靠近她，手脚飞快挑肥拣瘦，保姆不自然地挪开身，突然听见小玉兰哇了一声。一拉绳子，空了。一个男人手抱小狗正在发动摩托车，买菜的男人飞身而上，接过了小狗。他们动作娴熟，流水作业，一声不吭，一晃就消失在莲花西路的林荫道深处。保姆拼命追赶、呼叫，行人、电杆与行道树侧目而视，大街沉默。

我们看过很多新闻报道，抢劫金店、银行的歹徒，一般是用马袜罩头，带有真假不明的枪支，至少有一把亮晃晃的菜刀；街头抢劫骑自行车女人的罪犯，多是奔跑性选手，手持剪刀跟着自行车、电动车跑，直接剪断挎包背带；但抢狗的宵小之徒，完全无需设备和化装，赤膊上阵，伸手即为利器。这些情况通过治理已大为改观，不料还是摊上我了。

抢狗在成都不是新闻，狗抢人才是。我在新闻媒体工作，20世纪90年代开始这类消息大面积出现在各类媒体上，电视台跟踪报道、模拟事件经过、展示主人的沮丧之情、采访目击证人，个别有失而复得的，堪称都市新传奇……由于重复率太高，情节大同小异，炒冷饭的报道逐渐就疲软了。抢劫宠物比起轰然作响的生活来自然是小事，但狗已经是我的家庭成员了啊。

我住在成都九眼桥东侧。九眼桥一度是成都最为宏伟的石拱桥，有"东南形胜"之誉。因为地处两江汇合口之下，水面开阔，古名洪济桥，又名镇江桥，始建于明万历二十一年（1593），由当时四川布政使余一龙所建。系石栏杆、石桥面的大拱桥，下有9洞。在清朝乾隆五十三年（1788）由总督李世杰补修时，改名为九眼桥。20世纪50年代之前，九眼桥一带是热闹的水码头，要从水路出成都下重庆，都得从这里搭船启程。而从外地水路运来的货物，也得在这里上岸。奇怪的是，周围很多地名并不是依据九眼桥、镇江桥而旁系，而是依据"宏济"奋力发展词语与教化的谱系：宏济路、宏济新路、宏济中路等等，洪福齐天、宏图大展之外，时代更喜欢宏大叙事。

我没有多说什么，简直说不出话来，与保姆直奔附近派出所。艳阳高照、朗朗乾坤，我出了一身大汗。派出所的自动玻璃门无声而开，强烈的冷气迎面扑来。两位警官，一位闷头打电话，另一位五十多岁，头发花白，寸头，手握如今颇为罕见的圆珠笔，正在接待一位手舞足蹈的出租车司机……出租车被盗了，我该怎么办啊？要开证明，要好几份，保险公司、出租车总公司、承包的老板，对了警官一定要再开一张，不然老婆会认为我是打牌、嫖娼被捉把车都输掉了……警官静静听着，露出职业的微笑，他完全理解。他写的字有些潦草，我倒着看过去，密密麻麻，像是一张广场万人大会的微缩照片，脑壳如苍蝇。显然，他从治安岗位退下来，开始坐办公室，履行秉笔直书人民群众报案的工作，现在他一天写的字，也许比他前半辈子的总和还要多。他很辛苦，他对出租车司机扬了扬眉毛："你可以走了，回家等候通知。下一位……"

现在的警察比以往任何时候工作态度都要好。在港台影视剧里，可以经常见到二不挂五的青年，冲着笔挺的警察大叫："查什么查？我是纳了税的！"但内地不流行这个，非要这样叫嚷，他们多半会回答："那跟我有啥子关系？"这个世界上，人们彼此的确没有啥子关系，我们叫同志哟。起码有别于卵生小动物。

出租车司机坐着不走，继续唠叨："我真是倒霉！哎，我车子停的地方，不是有很多道路监控摄像头吗？"我无权打听技术秘密，老警官眉毛继续扬了扬："司机，请回去等候通知。下一位。"

下一位是我。我开始诉说，保姆在一旁插话。我说，这是抢劫行为。老警官从那一团纠结的书法中间抬起了头："抢劫了什么？一只——小——狗？"我顿感气短，声音低下来，说："是的，是的。"

他悠长地"哦"了一声，他的嘴角浮现了几丝理解的笑意："你们回去等候通知吧。下一位……哦，那个美女，有啥子事？"

我走出来，艳阳继续高照，大汗立即上涌，真是沸腾的生活。我走到小玉兰被抢的莲花西路 53 号蔬菜店门前，顺着抢劫犯飞奔的方向莲花中路，我走了一公里多来到大道莲桂西路上，一路上起码有七八个监控摄像头。它们黑黝黝的，在艳阳下巍然挺立，发出沥青一般的色泽，酷毙了。

但是摄像头不想看你。它想看天上的风景。

墨菲法则说，"面包落地的时候，永远是抹奶油的一面着地。"我理解的意思是，意外不可避免，但结果往往还是比你估计的更糟。站在烈日下，一个老头儿穿着棉衣摇摇晃晃，他倒地，脑壳触地，发出一种空腔的油闷声。我赶紧伸手把他提（不是扶）起来。他喝了早酒，浑身酒水乱流了半晌，才含混不清地说："你是我儿子吗？龟儿子……"

"我不是你孙子。"我说。

"我日你先人！"他说。

十几年没有找到学雷锋的机会，好不容易找到一个，我努力成为

"四有"中老年人，没料到竟然是这样的结果。我不禁大怒：

"我日你先人板板！"然后手杆一松，准备把他放回原地。

成都人有看热闹的民风，立即围观过来："日后再说。"围观的人民群众都在喊。

我在九眼桥明白了"失联"

南宋洪迈《夷坚志》记载：宋人员琦，"养狗黑身而白足，名为'银蹄'，随呼拜跪，甚可爱。忽失之，揭榜募赎。"这条"甚可爱"的小狗银蹄，有一日丢失了，主人员琦特意贴出了启事，悬赏寻狗，显然"员员外"已将"银蹄"当成宠物来饲养，并且，这是有史以来第一张寻狗启事。

我准备效仿，但心头一闪，就放弃了。

我到小玉兰定点美容的宠物店去打听。老板认为，白色贵宾犬属于濒临淘汰的品种，并不值钱。也不是大狗可以有一身好肉被以7元一斤的价格卖到简阳狗场，再用卡车批量运到沿海。他也弄不懂盗贼为什么要下手。成都有三大狗市，老板建议我去看看。

那就先去最近的。我开车赶到15公里之外的十陵镇狗市。那里是成都最为悠久的狗市了，如今甚为破败，在公路边的一个土坝子上营业。一共仅有五六个贩子在卖狗，他们撑起太阳伞，由于门可罗雀，个个呆若木鸡。一见我，热烈招呼我的是笼子里的几十只小奶狗。我一见，心就凉了。

一个贩子知道我的来意，我赶紧敬烟，他略微指点："你去西河镇三联宠物市场嘛，我们市场的绝大多数商家都迁过去了，应该找得回来。不过，要后天才赶大市。"

我用手机查百度地图，立即开车直奔20公里之外的西河镇。那的确是一个集约化的宠物、家禽市场。汽车进门领卡，停车规范，有保安巡逻，动物检疫、防疫部门的牌子高悬，只差没有像重庆政府对10万名废品回收从业人员进行统一服饰，因而，没有制服的狗贩子看上去差点气魄。市场左边卖家禽，右边有四排商铺，大约有二三百家卖狗。我一家一家去问。一听是来找狗的，贩子立即就扭开了脸，埋头稀里哗啦的麻将，懒得理睬。

我与小玉兰是有暗号的，我喜欢吹口哨呼唤它，带有一种起伏，历来百试不爽。没想到，我的一阵口哨，引来了狗们的群吠，藏獒与拉布拉多犬咆哮起来，这一闹，整个狗市处于鸡犬不宁状态。我闷头穿行在铁笼子与木框婴儿床之间，有些像贼，四川人说法是"睃盗口的"。的确不大容易见到白色贵宾犬，成年的是一只也没有。一个颇有姿色的女老板见我满头大汗，竟然给我倒了一杯水，招呼我坐下："摆摆龙门阵！我说兄弟啊，你脸色不好哟，你这样找不到你的乖乖。你后天来，早上4点多开市，主要注意散户区。万一找不到，可以在我这里选一条嘛……"

因为焦热，我浑身涌起了习习凉意："什么？4点多开市？"

"你不懂嗦，狗市从来是赶早市。"

下午5点了，腹内空空如也，感到头晕。我血糖低，赶紧找东西吃。

当晚，我开始在九眼桥一带的林荫道间转悠。我吹口哨。呜呜呜，虎虎虎……一个女人回头狠狠盯了我一眼，"吹啥子？你要干啥子？"我不干啥子，我是对着那双像兔子耳朵的小玉兰在吹啊，关你屁事。20世纪90年代中期，九眼桥南北桥头两侧是著名的旧书市，间杂有私刻公章、伪造身份证、文凭、各式资格证、营业执照的贩子，虽经反复打击，他们的行踪变得更为诡秘，就像没有影子的人。他们弓着腰，模样都是些过目即忘的类型，见人就低声发出一串绕口令："刻章吗要身份证吗买不买毕业证资格证上岗证书……"样子很像以前"卖粮票的"；也有出卖暴君牌内裤、金枪不倒喷剂以及印度神油的女性，她们体健貌端，身上散发出芳香油气味，那分明是神油长期挥发出来的气味，她们这是在城市里免费播撒活跃因子啊。她们显然很亢奋，我发现她们因此突然多了几分姿色。"神油神油神油印度神油，要不要？"也不知道平时她们住在哪里，估计租住在九眼桥以西新桥电影院附近的大片平房里。偶尔有人从桥中央飞身而下，然后在水里大声抗议，等待救援。又看见有见义勇为者飞身而下，与之抱成一团，就像一对恋人。这会中断桥上的生意，上千人齐刷刷伏在桥栏杆上看热闹。有人喊："人漂走了。"桥上的人又齐刷刷下桥跟着河流走……

俱往矣，如今这一切变得美轮美奂。九眼桥顺江路一带路边修建有很多花岗石花台，玉兰花、银杏、梅花、观赏灌木密布。2013 年初，成都一猛女在九眼桥闹市"强奸"过路男的视频走红网络。估计猛女醉酒，将路边一位过路男子一个扫堂腿打倒，男人"弱弱地"被放倒后脱掉裤子，猛然坐桩，霸女硬上弓。男子又在弱弱反抗了一阵后最终屈服，女子得手后，突然腼腆地提上裤子，沿九眼桥横穿马路离开……有这么巧的事情？！我怀疑这是事前安排的行为艺术，毕竟成都历来是中国行为艺术的重镇，而脐下三寸一般是艺术家鱼龙曼衍的关键地带。有好事者写了一首新时代竹枝词："成都威猛一娇艳，九眼桥上撂倒男。解带上演女坐莲，忽闪忽闪几忽闪。""九眼桥事件"使得九眼桥的知名度爆得大名，超过了张献忠藏宝，以至于引得不少力比多汹涌者高举帐篷在这一带通宵狂走，希望往事重演。我向花草、藤萝之间张望，吹口哨，呜呜呜，虎虎虎……我估计，这一带是保姆带小玉兰每晚散步的常来之地，万一它逃亡出来了呢？

灌木里有狗，一黑一花，哼哧哼哧，叽叽嘎嘎。

28 日，我又去了大约五六家宠物店，店主很同情，表示见到了小玉兰一定通知我。我心里很清楚，这些答复是毫无意义的。看看这些宠物店门上反复张贴的"寻狗启事"，其实完全贴错了地方。有哪个蠢材买到偷来的狗就去宠物店美容呢？

29 日凌晨 4 点半醒来，与保姆一道驱车 25 公里赶到西河镇。冷意四射的月牙之下，三联宠物市场人声、犬声鼎沸。大约有三五百人在交易，狗的数量在数千只以上。小狗挤在笼子里，一声不吭，睡眼惺忪。半大的狗狗要活泼得多，一见人靠近，纷纷起立，忽闪忽闪地打量。我没有发现一只成年贵宾犬。见到一个头发花白的老者，穿脏兮兮的军便服，骑电动车而来，一边一只笼子，有七八只贵宾犬。毛色不同，年龄各异，有一只脖子上还有彩色绳子。白色贵宾犬模样近似，但我一眼能辨认出小玉兰。狗们大叫，老者有些不悦，猛然拽起彩色狗绳，将一只贵宾犬提在空中半分钟，狗蹈虚，渐渐不再挣扎，老者才把狗掼到笼盖上："你凶，老子比你更凶！"狗处于半窒息状态，萎了。见我靠得很近，老者说："怎么？这只是母的，3 岁，要不要？"

我笑笑，说来找狗。

"狗有什么好找的？找钱就行。买不买？相因哟。"

没有一个狗贩子会为小犬拴绳子，一是无须，二是一根狗绳要 10 元钱。套着彩色绳子的成年贵宾犬，显然不是老者所有，它极可能与小玉兰具有相同的命运。它们模样近似，它怯怯地看着我，头型、眼睛、耳朵、体态无一不像，唯有它长长的尾巴才显露出不同的身份。我心一沉，说："这样的贵宾犬本不值钱，生下的幼犬也不好卖。你也不容易脱手。"

"哎，是这样。但总可以卖几个钱。你要找狗，不妨到温江狗市去看看，这里肯定没有。你的狗是在东城九眼桥被盗的，温江在西面，当然了，青白江的狗市也说不定……"

我觉得有些道理。

我开车顺道再次来到十陵镇狗市，这里的人比前天多些，没有见到一条成年贵宾犬。那个狗贩子认出了我："又来找狗哇？没得搞？买一只嘛。"

急走三环路，插草堂立交出城，经光华大道来到温江，见到交警已经配枪上路执法，我不太费力找到了天府花城旁边的宠物市场。规模与三联宠物市场近似，奇怪的是，没有一个买主。一问，今天不赶场。我的心渐渐在发冷，发木，但既然来了，还是坚持把每一个商店都看完。商店的门柱上，贴有很多寻狗启事，时间长了，模模糊糊的照片，详细而富有感情的情态描述，主人铁板钉钉的金钱许诺……我估计，这是主人们一生写得最好的应用文，他们卡在习惯性的决心书、倡议书、申请书、工作总结、介绍信等文体的惯性里，因为加入了私人情感，就已经弥足珍贵。

我实在不愿意再写一个启事，干什么呢？贴在那里谁看呀？

回成都的途中，吃了一碗羊马查渣面。看到一只白狗在垃圾堆中一闪，追上去，是一只流浪狗，京巴狗。

回到家，开始继续写《常玉的多重豹像》。写了百十个字，想起小玉兰。我能闻到它的气息，心头一乱，写不下去了。

我来到莲花西路，慢慢走。吹吹口哨。那家蔬菜店人流熙攘，价钱比大菜市低三分之一，菜品略差，看上去没有半丝异常。商店挂着"无公害放心蔬菜、纯天然生长水果"的横幅标语，让我想起《无权者的权力》中，哈维尔描述了一个蔬菜水果店的经理在橱窗里、在洋葱和胡萝卜之间放了一个标语："全世界无产者，联合起来！"其实，这不过是那个时代的生意免检证，而我面对的，是经济时代的常识性噱头。因为"公害""放心""纯天然"均是假大空，反而不及 20 世纪 80

年代的"实行三包、代办托运"之类来得具体！

我的小玉兰在这里消失了。如果使用公文的措辞，是"失联"，是"暂时性失去控制"。

傍晚，是遛狗的主流时间。我骑自行车穿行了4个住宅小区，无果。

在海椒市成都钢管厂宿舍区，泥地停车场边见到一个露天茶铺，我花3元钱泡了一杯花茶。用手机上网，看到了山东招远发生的血案：一批暴徒在麦当劳餐厅里打杀无辜女子……我去过招远县，夫人还在当地金店为我买过一枚白金戒指。戒指在我手指上混淆着汗水发光，像刀尖。

当晚与家人商量，明天再去一次西河镇，我觉得那个老者可能性最大。

一夜无话。

30日早晨6点我们全家赶至西河镇。没有白色贵宾犬，那个脏兮兮的老者一直没有现身，甚为不解。我站在进场的路口抽烟，等他。那些白色的狗晃动在我眼前，突然觉得小玉兰的模样有些模糊了，我不太敢断然确定我还认识它。上网查阅到，在城西北的黄田坝有一家宠物市场。我是不到黄河心不死，再走三环路，顺成温邛高速插入成飞大道。找是找到了，这里只是花鸟市场，狗市原来早搬到温江了，那是我去过的地方。我们又吃查渣面，面面相觑……

下午，我继续骑车外出寻狗。今天沿锦江骑行，东看西看，城管人员盯住我看，看是不是卖身份证、雕刻公章的，估计我的小腰包装不下这些行头，也装不下炸弹，自行车更无法冲撞市场。我继续骑行，几个中年妇女凑上来："要买车吗？我有最好的山地车，要不要？"她们是偷盗、运输、藏匿、销售一条龙的一环，二十多年来一直在九眼桥的南北桥头活动，我所在的报纸也报道多次，打击多次，但这些人顽强得一如桥头石上的青苔。在九眼桥下穿桥洞里，我见到了一个老人，大汗淋漓，赤裸身体躺在人行道假寐，旁边有两大箩筐桃子，栏杆上挂着他的厚外衣。我想起来了，前不久本地媒体报道过，说简阳石盘乡 80 岁的孤寡老农张忠仁，为将枇杷卖出好价钱，不辞辛劳将家里种的枇杷挑到成都，在九眼桥桥洞人行道摆摊……天不亮就得出门，路上要花费 4 个多小时。这则《请帮帮枇杷爷爷》的微博在网上引起全城关注，水果被人抢买了。现在，"枇杷爷爷"随季节摇身变成了"桃子爷爷"，老人渴望通过爱心之路致富。我拍了几张照片，没有买他的桃子。

我不停地出汗，滴答而下，突然感觉到有些东西像汗水一样在泄漏。小玉兰在渐渐变色，变形，像只雌伏的兔子，但又接近于一闪即逝的脱兔。我有点迷惑。再看看波光四起的河面，小玉兰又清晰无比。

记得在十几年前，九眼桥一带是庞大的劳务市场，又是开往中和场、华阳的中巴车的始发站，有很多略带姿色的中年女人在摆摊掏耳朵。当时"采耳师"一词还不流行，她们用黑塑料布围出一个类似"腰门"的空间，她们的头脚以及一把塑料凳的四根脚从塑料布上下展露出来，表明是光天化日的技术性营业，有点接近哈维尔笔下蔬菜公司经历的所为。她们站着掏耳朵，耳扒子、鹅毛棒、铗子、震子、马尾、刮耳刀、耳起、棉花棒，轮番上阵；客户一律是中老年男性，头颅庄严，表情肃穆，在塑料布当中男人上下其手，一阵乱摸，整个流程下来价格是 10 元。塑料布遮蔽了快感，吹拂过花蕊夫人、薛涛和张大千的锦江之风，现在继续吹拂着千古民风，塑料布一抖，就金光闪闪，多么像如今东大街金融街两侧挺阔的玻璃幕墙。有人问我：你如何知道得这么清楚？莫非也冲进去掏了一火？我说，有贼心没贼胆，因为有一次看到：有的采耳女人受不了，镊子戳了男人耳朵，男人大打出手，撕破了遮羞布……她们转业与否，不得而知。

晚上在手机里找到一张女儿青青9岁时与小玉兰的合影，用短信发给她，告诉她小玉兰被抢走了，这是爸爸在儿童节给你的一个纪念。

女儿住在她妈妈那边，一会儿回信："爸爸，你在找小玉兰吗？"我说是的，我一直在找，但希望越来越小了。它变得有点模糊，我一眼辨认不出它了……

女儿哦了几声，没有再说什么。我希望她说点什么，但是她挂断了电话。

我心里流动着兑了水的奶与蜜

小玉兰被抢事情，我叙述到此应该结束了。跟生活中的许多伤痛一样，该过去的自然会过去。看看那些在宏济路口小区广场上跳集体舞的小妈大妈们，多么快乐，多么整齐划一，多么纪律。几个蔫包老头儿也被热力感染，在后面左手左脚地比画，老头们的舞姿完全是"忠字舞"的延续，这是他们在经济时代的华丽转身。参与广场舞的人一般都曾在职场工作，已经习惯了从一种集体的活动里获得荣誉与愉悦。一旦从制式的音乐与口令里起身，带着宠物狗和孙辈回家，生活的忧郁就像浓郁的夜色会渐渐追上身来，以至于他们越走越慢，贴地而起，像飘浮的剪纸。1958年国庆，一代文豪郭老写了一首长达191行的颂诗《宇宙充盈歌颂声》，激情与其鼓噪小小寰宇，不如干脆横斜宇宙："广场浩荡人如海，丰碑巍峨天变矮。人间出现双太阳，天上地下增光彩……"似乎并未过时。

儿童节上午，女儿打来电话，希望我去接她过来玩半天，我同意了。一早我赶到二环路府青立交外的浅水半岛，青青劈头就说：

"爸爸，我看见小玉兰了！就在刚才。"

一早外婆给了她 10 元钱，她要到一家鲜奶店买酸奶。这家店刚开业，是当地装饰最好、最为宽敞的牛奶屋，她一进去，就看见一个中年妇女，"穿的是薄纱围裙，很胖，腰杆有裙边打闪闪，长得很不好看。"她手里拿一个透明的小包，牵着一条狗。贵宾犬，白色。

小狗一见女儿立即大叫起来，后腿站立，拼命作揖，如果不是绳子拉着，狗就要跳上身来。女儿青青立即蒙了。

她怯怯地喊：小玉兰。

小狗用空前的咆哮声震动了屋里的所有人。店员、顾客，还有那个呵欠连天的胖女人。她手里拿着已经刷卡付款的黄油布丁，她又在刷卡购买几罐牛奶。她突然回身，抱起小狗飞速出店。女儿说："她用的卡是金红色的，不是一般的白色会员卡。店员一直对胖女人很客气，她们应该认识。"一见对方付了款转身就走，店员拿着几罐牛奶追出门，一路高喊。青青跟出来，看到店员追了几十米才赶上她……

我静静听完女儿的叙述，觉得事情在发生难以预料的变异，峰回路转，阴晴突变。我不能推测什么，仍然带她出去玩了半天。

下午 5 点我带着她来到牛奶屋。

我说明来意，店长是一个年轻姑娘，瘦而精明，她高度负责，高度热情，告诉我：我非常理解狗主人的感情。我们店里有摄像头，很容易看到你女儿描述的情况。我们这里是会员制，对方刷的会员卡，就一定可以查到她的信息。

我心里流着奶与蜜。

她麻利地将电脑屏幕斜过来，轻击鼠标，我看到今天早晨 6：00 开始记录的店内情况。为了节约时间，女儿说进店应该在 7 点多，我就从 7：00 开始。可是没有，什么也没有。没有女儿，没有胖女人，也没有小狗。看第二遍我就仔细了，仍然没有。

我决定看第三遍。

女儿很焦急："我明明看到了嘛，怎么会什么也没有！"

我想到了那个女店员。那个出门为胖女人送牛奶的。可是她下班了，店长立即给她打电话，对方回忆说，早晨没有出门追顾客这件事，也没有什么小狗……

店长停下手头工作一直陪着我，见我焦躁，立即免费送上两杯温热的牛奶，我心里再次涌起奶与蜜，但是女儿坚决不喝。店长说，这样吧，你留下你的电话，我再找店员查实，有消息就通知你。

在结账单背面，我提笔写了几句话：

> 可能捡到我的乖乖狗的美丽女人：
>
> 我是一名记者，根据我女儿的描述，你多半捡到了我的狗。狗狗的名字我不能告诉你。我想，我用 2000 元感谢你的辛劳。如果觉得不够我们可以再谈。
>
> 我不能回报你什么了。我的狗狗智商不高，还是一个瘸子，老处女，无生育经验。
>
> 你想在报纸上发表作品吗？可以找我。我的电话 24 小时开着……蒋蓝给你叩头了。

信件写好，交给美丽的蜂腰削背的店员。我麻烦了别人这么长时间，还喝了免费牛奶，不好再说什么，告谢出门。我异常严肃地看女儿，她明白我想说什么："爸爸，你以为我出现了幻觉是不是？没有，我亲眼看到了一切……这个胖女人我一辈子也认识她。"

我突然想，这一切万一是女儿的梦游症状呢？想到此心头大惊。我跟外婆去电话求证，她证实青青今早 7 点 10 分左右要了 10 元钱出门，酸奶杯子还在家，就是那个牛奶屋的牌子……

当晚 10 点半，店长来电话，语气充满雌性与怜悯，她查阅了销售记录，并询问了别的店员，公司从来没有发行过金红色的卡。就是说，没有一条实情与女儿提供的相吻合。哇，我爱莫能助了。

"美丽"这个烂词，毫无能指，是腰杆上裙边打闪闪，还有与之相配合的心机。从此成了我深恶痛绝的大敌。

媒体曾经反复报道一则"人生哲理故事"：一个富翁家的狗跑丢了，他在报纸发布寻狗启事："有狗丢失，归还者，酬谢 1 万元。"送狗者络绎不绝……富翁太太说，肯定是真正捡到狗的人嫌给的钱太少，富翁将酬金改为 2 万元。一位乞丐捡到了那只狗，他第二天一大早就抱着狗准备去领酬金，发现酬金变成了 3 万元。乞丐立即折回他的破洞，他要等候水涨船高。接下来的几天，乞丐一直在关注告示。当酬金涨到使全城沸腾时，乞丐因为管理不善，那只"金宝卵"已经死了。这只狗在富翁家吃的都是牛肉和牛奶，乞丐只能从垃圾桶里捡东西，狗狗受不了。深奥动人的"哲理"在哪里呢？中国的"哲人"指出："应该见好就收，立即成交。别让泛滥的物欲迷了眼睛。"

我×！看起来，自称"哲人"的脑壳不是被驴踢了，而是被驴日了。

我的纳西族朋友白郎对我讲，纳西人、藏人词汇里没有粗话，他们激烈起来，充其量也是文绉绉的：比如，"你是一个吃狗的×人！"这已是最为愤怒的咒骂。6 月初看到一则铺天盖地的新闻，使得拉开帷幕的巴西世界杯足球赛多了几分油腻气："广西玉林狗肉节遭众明星网友抵制，被指一天吃了万只狗。"在我印象里，玉林是一个生产柴油发动机而广告闻名于世的地方，想不到吃狗的种种方法在当地还是一项即将成功申请到"非遗"的文化。并且是市场主导、文化搭台、狗肉经济唱戏，这就是"舌尖上的××"的味蕾之舞？我在《复仇之书——中国历史上的侠义恩仇》里写到过侠士聂政和高渐离，他们都是狗屠出身，他们无一例外地把杀狗的利刃，转向了恩与义的敌人，这才是传统"屠狗"谱系中的正义叙事。屠刀下的利润与觥筹交错中的快感，就没有丝毫的"看剑引杯长"之感?!

一个被极端味蕾牵着走的人群，目迷五色，酒意中偶尔还叫嚷一些颂圣的大词，其实它们怎么还有闲情逸致去关注杯盘之外的世界?

我采访过不少学者，一位研究×托邦的高人已经对乌托邦、异托邦、恶托邦（反面乌托邦）等等写出了重磅大作，他对50岁的鄙人说："小蒋，看开些!何愁天涯没有狗知己⋯⋯"谈及托邦谱系，我只能说，这是我一个人的狗托邦。以爱狗而闻名于世的大作家、诗人萧伯纳说过一句刻骨之言："我见过的人越多，我就越喜欢狗。"我不敢这么偏激，恰如恶托邦的教训不应该忘记，人们也要继续提出非乌托邦化的乌托邦诉求，即对美好社会的渴求、对未来充满希望。所以，我爱狗，再热爱人类。可以吗?何况，作家契诃夫表述过这样的意见："世界上有大狗也有小狗，小狗不应该因为有大狗的存在而慌乱不安，所有的狗都要叫，小狗也要大声叫——就按照上帝给的嗓门叫好了!"可是，我的狗叫，我也听不到了。

从事虚构文学的人，应该臆造不出这样的变数，恰在于这实在太过巧合，就让虚构顿显拙劣。对于拥有1500万人口的成都而言，小玉兰，我可能再也见不到你了。其中的种种机变非我所能改变:蝇营狗苟，白云苍狗，人模狗样。而且你变得越来越模糊，在这个世界上，日后某天，你可能会认出我，但我实在没有把握确认你就是我的女儿。

尘土与卑微的故事

　　2006年仲夏，四川盆地就像一个装满米汤的缸钵，不冒丝毫热气，却是烫如一炉的情人火山。我的父亲在老家自贡市病入膏肓百药罔救，眼看就不久于人世了；恰在那个身心俱疲的残酷季节我竟然又离家出走，几乎是净身出户地与小程在一起开始生活。那年我41岁了，白头发异军突起，某天在公交车上礼遇一个小青年给我让座，估计当时我的表情一定极其古怪。那时我的心情忽冷忽热，像是得了伤寒。某一天，小程决定让我见见她年迈的父母。两位老人生活在湿度极高的长江之头的宜宾市。黄昏时分，长江蒸腾而起的暑气被云层与奔涌而来的连绵山影压得极低，当头一吹，脑袋就像从米汤缸钵又伸进了蒸笼。

　　路上小程一直在讲她父母的故事。父亲因为爱好古诗文，加之曾经就读于成都华西协合大学中文系，那是抗战文化地标"坝上"五所教会大学里最好的中文系了，尽管只读了一年。1949年春季之后家里断了供给，只好回到富顺县城郊镇的新住地黄泥坝，在"新时代"开始之初出任县农业局板桥区文书和会计辅导，立即成为区委的公文机器，加上一手毛笔字可观，骈四俪六朗朗上口，"程八股"之名威震乡野，他为此引以自豪。他本名"凤翔"，在一个改天换日的时代岂能还有"凤翥龙翔"之想?! 于是改名为"正鸣"，正确发声也。当时的板桥区区委书记、后升任富顺县农业局局长、副县长的黄仲佬，大概是唯一赏识他的人。在一个"文件报告出政绩"的体制内，领导深谙笔杆子之神功。

我在开车，听见小程在跟她父母打电话，请他们多准备几个菜招待我。我隐约听到手机里荡出来的那中气十足的爽快声音，有点像四川茶馆喊茶的幺师。驶过长江大桥，来到一幢叫"树刚大厦"的贴满白瓷砖的楼下，造型细瘦的楼房以螳臂当车的倔强，迫使直冲而来的川云公路一分为二，跳起了码头的狐步舞。这样的造型，不禁让我联想起这座码头城市的袍哥隐喻。

楼道灯全坏了，过道上全是生活垃圾，站在伸手不见五指的门口，竟然还是 A 座! 我听见一阵窸窣之声，那是塑料底布鞋在与水泥地面耳鬓厮磨，是腿脚迟钝但急促的声音。又是一连串拉动各种门闩的稀里哗啦，从上部响至下部，五次! 老人终于在拴住一截铁链的门缝里露出了半边苍苍白发和一只灰蒙蒙的眼睛，毫无方位地张望。半晌，他才拉开门："欢迎啊，有朋自远方来，不亦乐乎。来来来嘛，请坐!"他高喊了一嗓子，声震屋瓦，引得走道上同时打开了几道房门，有人探出头来张望。出什么事了?

这就是程八股! 那年，他八十有二。

老人长相比较周正，年轻时代该是帅哥，尽管须发全白，但太阳穴高高冒起，眼睛精光缕缕，像是一代内功高手，五官全无挪位之态。他穿的是灰布中山服，牛骨扣子，内套布衬衣，没扣风纪扣，下着短裤。那不是什么五分裤七分裤，是把裤腿剪去一截而成。家里没开空调，窗户仅开一小扇，我感觉热气不像是从大江水面汹涌而来，倒是由此中心四散而去的。我坐在皮沙发上，汗水立即就黏住了。我能闻到一股气味在激烈地上蹿下跳，那应该是当地长江造纸厂排放出来的氨水味儿，再混合着一种难以名状的东西。小程对我解释："爸爸有严重糖尿病。"哦，明白了。

墙角有一台落地空调，我看见连插头也用塑料口袋套着，说明从未使用。老人跌跌撞撞搬来落地电风扇，我赶紧去扶，是扶他的肩膀，他却歪着身子去扶电风扇，以便扇叶正对着我这个炉膛，他又去找墙角的电插座，一歪，头碰到墙壁，发出闷响。显然，风扇他也极少使用。由于用了力，他重重跌坐在一个马架椅上，木椅发出了一阵嘶叫。他回到了泰然自若的感觉当中："我不热。你热，心静自然凉嘛。'纱巾草履竹疏衣，晚下香山蹋翠微。一路凉风十八里，卧乘篮舆睡中归。'听说你是作家，喂喂我问你，这首诗是谁写的呀？"

我傻笑，摇头。他斜睨着我，目光朝向窗外："那是白居易的《香山避暑二绝》，我还可以给你背诵第二首……"

未来的丈母娘在厨房配合保姆一道忙碌，除了她不断对保姆发出油盐酱醋的施放指令之外，她们轻手轻脚毫无碰撞之声。我估计她们一直听着我与程八股的龙门阵，见差不多了，就高喊：吃饭啰。饭厅具有 20 世纪 90 年代川南银行职员阶层的审美品味，赭黄色木地板，宝丽板包墙，镶嵌彩色压条，全部吊顶，房间显得十分低矮，灯光明媚而烫脸，很容易照彻制度赐予的殷实与富裕。那是小程多年前在宜宾市的家。我们来到饭桌坐定，程八股拿出一瓶几乎无色的药酒，手微颤，给我斟酒，我称谢不已。桌上有一大碗番茄丸子汤，两条烧鲫鱼，一碗剩菜。小程眼泪都快下来了，颇为愠怒："你们平时的生活费我都全包了，可是妈妈你真不会待客！"老太太很善良，个子矮小，习惯性沉默，有点不知所措，"她变得很低很低"，似乎"要低到尘埃里去"，因为心怀恐惧，所以不可能像张爱玲那样开出花来。她小声解释："菜多了吃不完嘛。"但她显然不会再矮下去，她迅速把一盆火泼向了无辜的程八股。这就像两只威猛的金刚蝉，贴在老人的两个耳朵上加热镔铁片一般。程八股不惊不诧，不是对这些习惯性聒噪充耳不闻，而是具有一种化解其对冲之力的深厚力道。他在耳鸣之中一脸笑意给我碰杯，郑重告知："此乃虎骨酒也。"我看到他手中的酒瓶瓶底上，的确躺着指甲大一块东西，这还是十几年前小程在当地银行当科长期间，别人送的礼。这样，我和老人就在一派"龙筋虎骨"的聱牙言辞里，用豪迈的臆想，以话佐酒。那两条鲫鱼直挺挺的几乎没动箸，似乎应验了老太太的预言。

我看到阳台上堆着一大摊旧衣服、玩具，小程的声音就越来越高了："这是早就叫你们扔出去的垃圾，怎么还在这里呀？这些玩具是读大学的儿子幼年时代的玩物了，你们留着干什么？"程八股说："这是准备送给一个乡下亲戚的，对方一直没有来取。"晚饭后，小程过意不去，要陪我外出散心，她叫我顺便把阳台旧物扔进了楼下垃圾桶。小程是成都一家省级代理销售公司的董事长，父母放在她公司的存款每月就有好几千元利息，加上父母亲的退休工资本不低，但生活到这种程度，她的难过与伤感我很是理解。就是说，远不是钱的问题，父母是按照比"三年自然灾害"稍高的标准而平稳生活到了21世纪。他们都是具有"饥饿记忆"的一代人。

我到街边小摊吃了两碗宜宾"燃面"，辣得五内俱焚，大美！以毒攻毒，这才缓过气来。我对小程说，你父母如此柔善，简直是"食素民族"，怎么你就进化成了强悍的"食肉者"？她承认，这是环境所致。

第二天一早，见到两位老人正在吃神秘的"松花粉"，对他们而言，这大概是每月最大一笔生活支出了。这其实是那些走投无路的下岗职工，穿着化纤西装拧起大包包上门推销，用如簧之舌解开了他们的脑袋和钱袋。但老人显得很兴奋："这是灵丹妙药，人家每年还送礼品呢！"我送给程八股两本我的近著，老人笑呵呵的，说以后会拜读。

一夜半醒半睡，车流与嚣张的喇叭从未停歇。一早，未来的丈母娘做好了早餐，对我宣布："我与老头子商量过了，富顺的民间俗话说'夫妻要得福，要穿老丈母一条裤'，我陪你到大商场去，你选一条好裤子，我给你买！"她腿脚不灵，高一脚低一脚拉着我在大街上走。我尽量放慢脚步，她在尽力加大步幅，几百米之后她气喘不已，脱掉外衣奋力前行。

大商场里有扶手电梯，老人很不适应，险些摔倒。我选了一条便宜的牛仔裤，260元。老人从裤腰里掏出一个布包，用力拧，再拧，一共有500元钱。我的心发紧，不知为何突然想起那些卖血的故事。我知道，这应该是她第一次进入地面打滑的商场，直到商场倒闭多次直至成为危房，她也不会光顾了。回来的路上，老人走得更慢，她似乎放下了一桩大事，高一脚低一脚，成为喧嚣大街上唯一的两个沉默者，除她之外，还有一个，就是我。

程八股在家等着，笑眯眯："告诉你，这是前两任女婿也没有得到的殊荣哟。老太婆已经不会用钱了。这也是老太婆一辈子空前绝后的大手笔了！"

几个月后，照料两位老人的保姆被气走了。原因是老太太逐日清点冰箱里的几十个鸡蛋，某天发现少了一个，原来是保姆擅自吃了，惹得老太太发火。保姆一气之下扬言要跳楼，小程怕出事，赶紧把两位老人接到成都。我和小程开着宝马530将他们的日用品拉到成都，我记得连续跑了六七趟，老太太念叨着一盒蚊香，说是拿掉了。

在他们的物品里，有一小捆书，《古文观止》《唐诗三百首》《新华字典》《邓小平文选》《聊斋志异选》之类，老太太问我：这些老头子的宝贝到底有无价值？我说，既然放了这么多年，还是有纪念意义的。

他们住进小程位于九眼桥锦江之畔的新房子。这是小程2005年花了200多万元购买的跃式住房，他们住楼上。但他们的习惯是早上5点即起，稀里哗啦。做早操。咳嗽。响亮地喝水。天亮后程八股放松声带哼着跑调的革命歌曲，出去散步后，回来要猛吃几碗，我称为"大胃"，他愉快接受了这一称号。他相信，只要能吃，那就是生命力的标志，是革命的本钱。至于糖尿病，他笑笑。他一般会走进楼下我的书房，也不管我是否有闲情，往沙发上一躺："喂喂我问你，你写的那些历史人物我以前咋子都不晓得啊？"我放下手上的事，给他讲上一阵。我觉得他并没有听进去，而是利用这个搭讪，来展示他的记忆。他又要开始背诵《古文观止》了。

　　这样，我就回到了中学课堂。

　　应该说，老人记忆是非常出众的，他很少背错。大姐、大姐夫、外孙女一度找来书逐字核对过。在我看来，大凡幼年下过苦功的人，与背书年代相勾连的人与事历历如绘，而他们对现实事体的记忆都是恍惚的。

　　2006年9月我的父亲过世，我哀悼父亲的散文《指缝里的白烟》发表后，《散文选刊》《诗选刊》《西部散文选刊》等刊物先后转载了，我给了老人一份。他至少看了十遍，有一天他又坐在我书房的沙发上，感叹不已："《指缝里的白烟》是你最好的文章，哎呀，写得真好！"这个话，在后来几年时间里他先后重复过几十遍。这也是他认真阅读了我差不多十几本著作后，唯一表扬过的文章。

　　某天他喝了点小酒，脸部呈现白酒勃发糖尿病的红光。讲到"土改""三反五反""反右""文革"，这是他不变的话题，他似乎一直就活在那个年代，他的头脑被那个年代一次次精心、彻底地清洗，除了文件和报告，他剩下的东西，大概就只有幼年的"背功"了。因为我没有亲身经历过，他渴望为我补课："那么多人想整倒我，但是我都化险为夷了。"我知道，他是地主家庭出身，后来又被哥哥带着在易帜前夕加入了"三青团"。他的父亲是老实巴交的农民，孤儿，骨骼强健，与富顺县籍的"厚黑宗师"李宗吾的祖父一样，依靠极度省吃俭用买房置地，临近变天了还在一鼓作气买土地，埋头拉车不抬头看路，终于荣升为"地主"。他说，"一切剥削阶级都必须向人民拱手交出财产。"我试探他："你的父亲是最好的庄稼汉，属于勤劳致富的标兵。从牙缝里抠出来的几十亩土地，还供你们兄弟念大学，他是否属于剥削阶级呢？"据说，这个反问小程的商人前夫也曾提及，至于也是大亨的前前夫是否也询问过，就不得而知了。老人一下就被卡住了，哇哇哇地咳嗽，头一歪吐出一口痰，吐到了墙壁上："我父亲嘛，阶级成分是地主！但却是一个老实巴交的农民。我们几兄弟是当地杨石湾最有学问的！"他几个亲兄弟中，大哥回乡出任生产队会计，因挪用了几万元（相当于现在几元钱）而被枪毙；他的弟弟当中有的成了"右派"，都是下半部的人。所有兄弟们早早弃世了，只有他还活着，尽管没能入党。

"好死不如赖活着。"他甚至不否认自己就是阿Q。

老人有很深的兄弟情义，这恰是川南富顺一地的乡村文化，化到他血液里。无论多么苦难的年月，他的经济处境比兄弟稍好些，必然要拿出钱支援侄子们读书。二侄子程基石对我讲了一件毕生难忘的事：1968年，从来没有出过省的他很想与同学一道去北京串联，找到五老子程八股。老人给了他17元，满足了他的最大心愿。那，可是老人半个月的工资。

某天，他对已是当地中学"数学权威"的侄子程基石讲到对女儿小程公司的看法："公司的那些人，不过是一批社会的渣滓。我女儿是地地道道的资产阶级。"可是你能来成都安享晚年，并有保姆伺候住上高级房子，这是不是女儿的功劳？

他目光游离哼哼几声，不再回答我的话。

由于彼此影响太大，小程不得已把父母搬到距离小程住宅5分钟路程的蜀光新城小区，我和小程隔三岔五都要去探望。一天我走到小区门口，看见程八股手拿一双烂布鞋，正在大声武气向寒风里的保安讲解唐诗。保安佝偻着腰，虔诚地俯视着老人的头。我把布鞋夺过来，原来是老太太命令他去找鞋匠。我把鞋子扔进垃圾桶，出去给他买了一双。回来时，他向懵懂的保安演绎的唐人绝句，才讲到第三句。

　　见我回来，他立刻来劲儿了。丢下保安和第三句绝句，开始给我讲述一个"火眼金睛"的故事：1950年，他在富顺县东湖镇高石村搞土改，偶然看到当地小学门口贴了一副对联，字还好，出自小学老校长之手。大意是欢迎共产党，但在旧式村儒的词汇量里没有更好的备料，他比之为"大青天"。程八股一看，还得了！"青天"莫非就是"青天白日旗"的缩写？反了反了，这还了得！他立即去区委反映敌情动态。"这个糊涂的民国时代的老校长立即被撤职，好像还被抓起来了。哈哈哈，我的眼光如何？"

　　我怔怔看着他。你现在还这么看吗？你内心难道就没有一丝不安……

　　他明白我的意思，大声说："NO！我至今还是这样看问题的。"

　　我无言以对，告辞回家。

　　由于老太太的勤俭节约，规定保姆几天才准洗一次澡，三人一个月的物管费、电话费、光纤费等，全部生活费不可思议地低到200多元。大姐、小程送过去的新衣物，均原封不动放着。干什么？老太太说，以后养老用。小程送去一只鸡，他们要吃十天。他们每周末过来"打牙祭"，每当走进我们小区，保安便赶紧冲上去扶住他们的胳膊，一路赔笑送到小程高达30层的家，估计是怕万一倒地，负担不起责任。记得是一年冬月，小程请大家去吃羊肉汤，两个老人抗寒力极低，穿三件毛衣、两件羽绒服仍是一脸菜色。小程点了超量的肉，特意给我点了半斤羊肾，老人管不了汤下的混沌世界，什么你的我的？一勺下去就掏光了。我吃得很少，小程在一旁抹眼泪。我一抬头，看到羊肉汤铺老板搓着手站在旁边，摇头，笑……

吃到兴奋处，汤锅升腾的气流在白炽灯下幻化吊诡的造型。程八股来了精神，谈起"文革"。又是"文革"期间的农村。他是板桥区委的文书兼工作报告制造机器，派性斗争开始，他与同事宋子平叔叔都是保皇派。一个下午，造反派把宋子平叔叔绑起来带走。到哪里去了？老人带着几个人顺着田埂四处找。最后在水田里发现了反绑双手、嘴里塞着烂布的宋子平叔叔……

听着这些往事，我建议老人抓紧时间写一写自己的生活史。无须长篇大论，想到一条记一条，我说以后设法给你印一本小册子。见他沉吟不语，我说，笔法就像古代的笔记体。

"哦，这很容易嘛。"

这样，素来行动迟缓的老人立即麻利起来。他在一元钱买来的笔记本上，用胡豆大小的字迹，每天没日没夜地写。他的视力非常困难了，很多字纠结成一团，且有诸多不通之处。我不忍心多说，只是催促他抓紧推进。

在这本他命之为《半鳞半爪录》的笔记里，我选出一篇文章《华西坝求学往事》，认真"顺"了一遍，发表在我编辑的 2009 年 3 月 15 日《成都晚报》副刊《锦水》上——

随着城市现代化速度加快，华西坝许多老建筑相继消失，比如 20 世纪 90 年代末期，著名的华美学舍和徐维理的旧居等即被拆除，记得这是由美国明尼苏达州明尼阿波利斯的贾氏家族捐建的。而在 1947 年春，我有幸住进了华西协合大学新生宿舍，即贾会督宿舍，结束了不定居的校外借宿生活。

我住的是贾会督7号寝室，大约有24平方米，安置了7张双人床，能住十几个人，没有分年级和学系，房里住了三个学系不同年级的学生。至今我还记得中文系有我和杨之潮，外语系有焦顺文和老伍，社会学系有个老冯，焦顺文是转系来读三年级的。

　　我们来自五湖四海，互不相识，但是都比较自重自爱，室内较为平和宁静，很有点大学生的风味。日子久了，开始有人打开话匣子聊天，只要不伤人，不伤雅，管他天南海北，说来大家开心就行。不久，就到了"愚人节"，受校园气氛影响，我们也互相揶揄了一番。如有人对我说：你班的姜正，在外面遇着坏人，被打得走不回来，牙齿都打白了。我来自农村，蒙头蒙脑，竟然信以为真，准备约人去营救。出门一想，哎呀，牙齿不是白的又是什么样的呢？原来，我上了别人的当，成了"愚人节"的子民。

　　有一天下午，寝室内人满为患，大都在不着边际地高谈阔论。突然，社会学系的老冯说了一句："焦顺文，你们崇拜的法丝乃提，这回惹到麻烦啦。"老冯的话，在场的人都听到了，没觉得含有讽刺，但焦顺文一听，僵了片刻，立刻咆哮起来。他用最粗俗最凶猛的乡音咒骂道："日你的妈！我崇拜她，只崇拜她外语水平高，教书教得好。你狗日的，怎么把其他问题都扯到一起来了！"焦顺文一面骂，一面从床上跳起，冲向老冯，在床前抓住老冯就打。老冯也不示弱，好在是寝室内场地窄，又没有武器，只能贴身肉搏。两个人抱成一团，就像两个急火攻心的登徒子，同学们回过神来，才把双方隔开。外语系的老伍把焦顺文推出寝室，这场闹剧才终止。

　　嬉笑言谈和凶恶打骂二者之间，其气氛相去何止十万八千里！其背景究竟是什么？焦顺文说的把崇拜法丝乃提与其他问题扯到一起，什么是其他问题？这要从法丝乃提说起。

法丝乃提是美国人，五十开外的年纪，学者风度，是华西大学外语系的系主任。她体量不高，却健壮结实，具有平民作风，在华大师生中声誉较高，出入公众场所的频率较高，所以我们不是外语系的学生都比较熟识她。华西大学乃教会学校，除牙科、医科闻名世界之外，外语系也是重头戏。她是系主任，当然对外语有相当造诣，受到外语系学生的崇拜也理所当然，在学生中享有声誉自然是可以理解的。

　　有一天，大约是四五月份的报纸上，发了一条未经证实的消息，内容大致是：某天晚上，有几个可疑分子（指革命青年）在华西大学外语系的系主任家里聚会举行活动。这一颗重型炸弹立即就在校园炸开了，引起师生广泛震惊。逼得法丝乃提不得不站出来，在报纸上予以澄清。我曾亲眼看过那一份报纸，大意是说，那天晚上是有几个学生来我家里探讨了一些学习上的问题，但不是政治性的。我还记得法丝乃提在声明最后，表明了她的态度，有这样一句话："吾爱贵国，甚愿贵国强盛嘉好。"

　　叙述到这里，我们不难想象，在焦顺文的心里，就怕把他在学术上的崇拜和其他问题联系了起来，所以立刻用咆哮和武打捍卫自己心中的偶像。天下之事，仁者见仁，智者见智，事隔六十多年，我已八十有四，偶尔还能回想起法丝乃提的微笑神态。反倒是焦顺文的模样，在我记忆里却早已模糊不清了。

　　其实，这种文体完全是他不熟悉的"副刊体"，却是老人平生发表的唯一一篇文章，也得到了稿费140元。老太太提出平分，老人春风得意，立即同意分享光荣。

　　《半鳞半爪录》大约有四五万字，小程让公司秘书输入，拷了一份给我，读完颇为感伤，感伤的是一个人在记录亲历的往事之际竟然可以不带丝毫感情！也许，他的这种个人主义或小资产阶级的功能早已经被文件、训令、总结报告的文网干净、彻底地过滤了。我在几篇文章里引用了文章里一些具有亲历史料的片段，然后我问小程怎么处理。小程毕竟比老人更有文字见识，建议我就此放下，作为纪念物足矣，无须再考虑别的了。这样，老人渴望出书流芳的热望，就此熄灭，我很对不住他。

由于行动日渐困难，老人坐轮椅了。我们走访了十几个敬老院，最后小程把老人送进了双流机场附近的华圣苑。老人很快适应了这里的农家乐环境，其乐融融。古诗、古文、"土改"、"三反五反"、"反右"……偶尔也翻翻《文摘周报》。再节约已经无意义了，敬老院不会退还你一文钱，因而老太太不干涉。老头放开肚皮，大干快上，血糖猛增，很快出现了癔症。他某天把塑料口袋套在脚上，头上也套一个，背上一个袋子，要出远门了。他站在床头抖索，老太太一阵呵斥，他一头倒在床上，从此小便失禁。

危险几回，小程属于"刀子嘴豆腐心"的类型，亲自把父亲接回城里，安排到我们附近的一小区住下，在一对夫妻保姆的照料下，老人怡然自得，浑身上下焕然一新，又开始背诵古诗了。我知道，单是老人每月的开销，均在万元以上。

2012年7月，老人再一次发病，躺在十二北街的七医院里他不再背诵什么了，一个劲嚷着要出院。他要死在家里。一直认为程八股拖累了自己一辈子的老太太，独自待在敬老院反而不自在了，径自处理了生活物品就搬出来了。小程毫无办法，把她安排在家里，她每天过去看一回日薄西山的老头，吵闹了大半辈子的夫妻，现在平和了，丝瓜布一般柔和。一天他见无晚辈，突然叫老太婆靠近，讲述埋藏一生的秘密："易帜之初，大哥在县城工作，偶然风闻老当益壮的父亲不断去纠缠媳妇，得到这个消息后自己赶紧辞职回乡，裁判一样把守这个伦理距离。后出任生产队会计，因贪污了几元钱，最后竟然被枪决。大哥像块海绵，主要是吸收了革命者对吝啬地主的仇恨，贪污是个借口，哪里有为区区几元钱就杀人的？"说到此，他突然举手猛击床板。

"这是父亲害了自己的儿子啊！"程八股就此下了一个评语。

老太太就此转告了我们。这算是什么秘密呢？这就像藏在"八行书"缝隙里的小字注释，是没有被高音喇叭、布告、文件、工作报告清洗干净的孑遗。

一天下午阳光明丽，我闻到空气里花粉的香气，低飞的蝴蝶进一步把花带到膝上，我决定为老人拍照。看着我拿出单反相机，老人很配合，穿上了中山服，我在小区花园一口气拍了几十张。注意到，他闭着眼睛，睡了。轮椅一动，他醒过来："喂喂我问你，你出版了二三十本书，能不能少写点？你的头发掉得很厉害，这两年你老了一大截哟。你一辈子要写出一两本流芳百世的精品！"

说完，他好像真睡了。

他突然睁开眼，说："人真卑微，乃是尘土。"我明白，不相信《圣经》一个字的程八股只相信文件与训令，他是失效文件碎裂为尘的一分子。他自然不相信自己也是"上帝的尘土"：人用尘土创造而来，彰显出人类的卑微，上帝的伟大。所以诗人说：因为他知道我们本体，思念我们不过是尘土。

我问他，何为"程"？他茫然看着我。

这是我平生唯一一次给老人背诵我文章中的一个段落——

《列子》指出，豹的名字就叫"程"；宋代陆佃的训诂专著《埤雅》里称豹子为"程列"。但《梦溪笔谈》称豹为古怪的"失剌孙"。《释文》引《尸子》："程，中国谓之豹，越人谓之貘。"但到底什么意思呢？

刘正琰、高名凯编著的《汉语外来语词典》考证"猞猁狲"指出，这是"一种类似山猫的动物又作'猞猁、失利孙、失利、实鲁苏、宿列荪、沙鲁思'。源蒙"。结尾透露了苍茫的北国气息。但成书于北宋的《梦溪笔谈》，那时蒙古语也进入中土的耳朵了吗？针对这种中原文化命名为"土豹"的动物——猞猁（舍利），周士琦在《土豹是什么动物》一文中认为，"猞猁及其别名猞猁狲、失利孙、失利等等均始于清代，它是清代时蒙古语的音译。"就是说，"失剌孙"实际上不是豹，而是与豹样子相像的猞猁。

李时珍说："豹性暴，故曰豹。按许氏《说文》云：豹之脊长，行则脊隆豸豸然，具司杀之形，故字从豸、从勺。王氏《字说》云：豹性勺物而取，程度而食，故《列子》云：青宁生程，程生马。沈氏《笔谈》云：秦人谓豹为程，至今延之失剌孙……"

古诗曰："饿狼食不足，饥豹食有余。"狼贪豹廉，有所程度而食。这个小心翼翼、举起勺子度量危机的动物，其实，它同时也在往内心的井口倾倒胆气与愤怒。至于《庄子·至乐》里展示的生物进化论链式："久竹生青宁，青宁生程，程生马，马生人，人久入于机。万物皆出于机，皆入于机。"可以理解为"熊生豹，豹育化人"，在庄子心目中万物机变的轮回过程里，气与机变催化世界。谁才是那首鼠两端的"豹人"？！

"呵呵，我才知道豹子是你最喜欢的动物。你喜欢'程'，这太好了……"

2012年7月29日，大姐、小程在他床头已经守护了十几天，做好了一切准备。他开始沉睡。我猜，他早已经不会做梦，因为做梦是需要能力的，比如需要哪怕一小块就像睡在酒瓶底部的虎骨。而文件、报告并不提供梦境的任何羽毛和材料。一大片钢板蜡纸、油印机的墨迹在漫漶，如果是梦，那至多是又在复制下一篇……至于唐代诗人蒋防名作《至人无梦》云："坐忘宁有梦，迹灭未凝神"，"至人"们真的臻于漆园蝴蝶之上的境界吗？未必吧。下午 2 点，老人面部、手臂突然变紫，他没有长出一口气，而是剧烈抖动了几把，走了。终年 88 岁。

一切葬仪均由"女中丈夫"小程操持，井井有条，规模宏大。第一个灵前磕头的是宋子平叔叔，这是老人唯一的友人。按照川南一带风俗，小程把父亲的遗物全部清理、焚化。我问及酒瓶以及已成木乃伊一般的虎骨，我本来是想做成一个虎骨戒指的，可惜小程早叫保姆扔了。

诗人张新泉称老人为"五姑爷"，记得某天我和老人谈起平凡者的家事，老人突然说，张诗人的诗我一句也看不懂。"大白话，那是诗吗？"所以，我也没有勇气拿任何一行自己的诗歌给过老人过目。

我明白老人的心思，我要为他写一篇文章，小程一直催我动笔，因为一时找不到感觉，就拖下来，某天为此发生口角。她说："我的前两任丈夫都是为老人做过贡献的哟，你没有哟。"这话，完全不像是喜欢谨慎的豹子"勺物而取"者所能说出来的。今天，我终于写完了这篇文章。文章送到老人的墓前焚化，我估计，他会说：喂喂我问你，文章不怎么样！比古人的悼文差远了。

我和小程至今没有结婚。吞吐云气的豹子内陷，深匿文字成了吃素的文豹；小程呼啸着冲杀于生意，轮胎刹车响遏行云。弹指七年多，牛仔裤早已破了，今天偶然在衣柜里又翻出了这条牛仔裤，发现破洞口长出了霉菌……

探望女儿青青小记

2007 年离婚之后，我每周探望女儿青青一次。

按照那个协议，我的探视权固然无须讨论，但女方特意加注了一条：如果探视影响到青青的"身心健康"，女方有权终止探视权。我不知道这个尺度是怎么一回事，就像一把橡皮尺子，比如有人坚持要使用"秦制"的尺子来度量世界，那我真不好说什么。

我 38 岁时，生活终于尘埃落定，才决定要这个女儿。对青青来说，爸爸太老了；对我来说，她又太小。青青不懂这些，她才 3 岁。

我到位于成都东郊的金苹果幼儿园看她。我蹲在门缝，透过一小块玻璃，寻找女儿。她坐在一个小板凳上，看着一个无法洞悉的所在。她的丹凤眼已具雏形。直到她感到透过这块玻璃的光，黑下去了，她转过身来。她看到逐渐暗淡下去的爸爸，她跌跌撞撞跑过来。她打不开门。她用手拍打。呼出的气模糊了玻璃。她在哭喊。

老师开了门，青青眯缝着眼，仰起头，她不适应室外强烈的光线。我说，青青不哭。她就笑了。我抱起她，在走廊上来回踱步。她一直盯住我的脸。胡子长了。爸爸有好多好多白头发。爸爸的衣服很脏。我掏出一些糖果，开始她很喜欢，后来我就买牛肉干，买小人书，买衣服。

有一天黄昏，我驾车赶回成都。心慌，连闯两个红灯，我怕幼儿园放学。我气喘吁吁告诉青青，爷爷前几天死了，爷爷烧成了灰，只有一点点。我比画给她看。她有四个多月没有见到爷爷。她看着我，丹凤眼有一种飞的态势，我不知道她想说什么，她蜡一般的手指，指着走廊外的天空，嘴唇动了动，没有声音。我说，青青，你见不到爷爷了。她说，爷爷老了。她吃糖，腮鼓起来，她用腮擦我的脸。

我每次去探望，一般不会超过 15 分钟。偶尔超过了，我发现她很伤心，她不让我走。因此，掌握好这个分寸比较重要。这就像在烧饭，必须恰到好处，不能过火。

已经是冬季了，成都的天空总有时断时续的细雨，天像一个镔铁锅，泛着并不强烈的冷光。昨天我去看望青青，她很高兴，一再央求带她出去。我说，老师不同意，我们只能在学校里走动，她同意了。走廊有百十米长度，我拉着她的手，走了三个来回。我说，爸爸要走了。

她说，我要撒尿。我抱她去厕所。她咯咯咯地笑，过了一分钟，我觉得上当了。我说，爸爸走了。

她两只手在空气里比画，翻出了一朵朵我看不见的花，浮在她齐胸高的地方，她从花的火焰中掠过，从花里取暖。她低头旋转，就成为花的重心。她的脚在做根须状，扎根大地状。她坚硬地扭动腰肢，板栗色的头发已经披到肩头，像缨络。

她开始跳舞。到了某个记忆的断裂处，她卡在那里，不得不依靠重复来回忆那个动作链式。但是她的努力还是失败了。她只会几个动作，但她坚持在重复。

好像是累了，她又开始唱歌。笼子里的鸟儿，我一个字也听不明白。她唱，我为她拍手，她继续唱，但还是那几句。我说，青青可以休息一会儿，爸爸走了。

　　她立即从地上跳起来，又开始跳舞……

　　看着她缓慢的舞蹈，一遍又一遍，我席地而坐。细雨斜飞，在她头发上开出了一蓬碎花。在背光的地域，花消失了。她再转身，碎花甩成了一尾花翎。像一个梦，在似醒非醒之间挪移。我希望时间慢下来，慢到我刚刚跨进校门时那样。一切从头开始。或者，细雨变成大雨，这样的话，我们就不得不从冷风呼啸的走廊，回到热气腾腾的教室，在喧嚣里，她不容易平静下来。

　　终于，她耗尽了力气，汗水从她板栗色的发际流下来。鞋带散开了，手套掉进水洼。她突然抱着我，喊：爸爸，再见。

　　她从来没有问过我，现在住在哪里。也没有问，为什么晚上我不去给她讲故事。不知道是她没有这些词汇，还是有，不说。

送女儿青青回家

离异之后，我总是设法每周去看看女儿青青，有机会就带她出去玩半天，哪怕就是带她开车出城兜兜风，她也显得很兴奋。伊里哇啦，双手做仙鹤状，拍打车窗。她5岁了，她懂得已经很多。

吃过晚饭，她逐渐安静下来。一是知道该回家了，二是小孩一旦置身黑夜，那些童话人物、卡通故事就会复活。我知道她怕黑夜，就把车灯全部打开，她坐在副驾驶位子上，手里抱着今天我给她买的几本小人书，静静发呆。

我觉得该给她说的话已经讲完，甚至找不到什么废话来排挤有些压抑的黑夜。轿车毫无声息地剖开黑夜，去往一个她和我都很熟悉的地方。

她伸手打开音响开关，哦，又是邓丽君的老歌。这其实是我特意为她准备的。她不喜欢听儿童歌曲，以前放这些童声，她抗议说，"在电视里早就听腻了。爸爸，放点别的吧！"我车里有十几张CD，我一张一张地放，她听十几秒就摇头。听到邓丽君了，她说，"好听！歌里有我的名字。"

青青的意思是，她从《月亮代表我的心》里，那句"轻轻的一个吻"，听出了"青青"，一共两次。

　　我说，就是青青的一个吻给了爸爸。她哦了一声，笑了。

　　她跟着唱，邓丽君那糖浆的漫流带向夜空。她声音却像柠檬汁，不断把那一泓糖浆予以稀释，而且稀释得很不匀称，像一个初来乍到的小蜜蜂，往蜂巢里带回了一些光怪陆离的花粉。

　　我没有说什么，静静开车。听青青在唱到自己名字之处的那份得意。然后，她不唱了，把小手放在我扶在挡杆的右手背上，俯身吻了一下。她笑。"爸爸，再放一遍……"

　　这首曲子，成了我每次送青青回家的必听曲目，也是唯一曲目。而不论窗外下着大雨，还是洒满了星光。

　　今晚送她回家时，已经近10点了。怕她妈妈不高兴，车开得很快。青青说："爸爸，我头晕。"我只好把车速降下来。她把电动窗放下一半，浮在地上的月光就漫了进来，就像一只蛰伏的海螺打开了迷宫，要带走大海。青青打开音响，用手指了指明晃晃的月亮："青青就是月亮，月亮照着爸爸。我的爸爸爱我！"

　　我索性把车停在路边，陪她唱。我声调沧桑，与青青一起混合在糖浆的漫流中，但我们还是被冲开了。这里是城郊接合部，灯火稀疏，月光哗哗泻满了黑暗的凹陷地带，在地表反溅起来，不像霜，倒更接近于一辆垃圾车一路泄漏的石灰，勾勒了一种逃亡轨迹。但萤火虫在月光中的冲浪姿势，又把我的臆想拉回到天上。

　　歌唱完，我伸手接住了一只车窗边的萤火虫，放到青青手心。这是她第一次接触这蜜蜡一般的精灵，一直在观察。我告诉她，萤火虫有好多名字，因为它带火而行，所以叫"挟火"；它又像烛光，也叫"宵烛"。这些话，估计她听不懂，但我还是说了。我们再次上路，很快就到目的地。下车时，青青发现萤火虫不见了，我只好安慰她：下次我们再捉很多。她没有说什么，静静地走，快走到家门口了，青青知道我的习惯，我不会再走了，她吻我的手背，歪歪斜斜飘进了幽暗的楼道，宛如一个梦游者，披光游历后，再回到自己的巢穴，那是月光照不透的地方。

我觉得她的嘴有些凉。

回到车里，发现萤火虫停在仪表板上，我打开窗，把它放了，它找得到回家的路吗?

好大的月亮啊……

附录：桥头送别女儿

一前一后的音阶
我和五岁的女儿各自散开
街头的歌声筑起很多厚墙
人民和广告填满了岔道

我在声音中的桥头张望
隐形的女儿花开在桥上
我看到从水面扶摇而起的桥
河流从我头顶呼啸而过

让那些飞翔的鱼
成为漏网的幸运者
让记忆的腮屏住呼吸
不要打碎十万条波浪的镜子

溶解于水的女儿
从桥上探出了身体
像一株游走的植物
将镜子的裂缝变成了根须

我们都是木头人

离婚3年了，我每周去幼儿园看望女儿青青一次，偶尔也带她出去玩上半天。芭比娃娃、服装、糖果、饮料、不干胶画片儿，买的东西鼓鼓囊囊一大堆，把她武装成了一个小人国的公主，她很得意，街道就是她展示的天桥。我很难想象她母亲带她外出的情形，这倒不是说好与不好，而是我难以想象。女儿对我说，妈妈很光荣很伟大很正确很严格，自己不敢乱说乱动。这让我想起自己幼年玩的老游戏当中，就有一种"木头人"游戏："我们都是木头人，不准说话不准动。一不许笑，二不许动，三不许交头接耳听，看谁的意志最坚定。"发明这种游戏的人，深谋远虑，在于训练孩子的定力，为日后成为"铺路石"做准备。四川的方言里，把木偶称作"木杵杵儿"，女儿就读的金苹果幼儿园追求的是纯西式教育法，大概不会在"木杵杵儿"上做文章吧。

那天中午，我在成都的小巷里疾走。银行快打烊了，自己的汽车又出了点问题急需修理，手机也快没电了。我很急，走得风扯火闪的。在一堆脑袋的浮木里，我睥见几个熟悉的面孔，像是梦游。他们挂着不变的笑，在燥热的空气中朝向一股无法洞悉的春风而敞开。然后，眼角把一些剩余的风力转过来，略一拐弯，就像一摊碎玻璃突然把阳光点燃、举高。就这样错身而过了，我才发现，这是前妻和她父母，我有大半年没有见过他们。哦，除了陌生些，好像也没什么变化。我突然看到5岁的女儿罩在他们的阴影里，她的步伐相当急，她用一种大跃进的夸张幅度，努力与大人保持一致。她目光平直，直穿大人的腰部，脸庞像一个红苹果，突然展开了对苹果花的回忆。我回身，喊了一声"青青"，她的幅度没有减弱。我又喊，声音有些沙，听上去不像是自己的，她停住了。头没动，像卡在苹果通往苹果花的中途。因为走得累，脸上红一阵、白一阵。前妻和她父母继续向前滑动，没有减速，没有回头，看上去有点儿皮影戏的造型。

我明白，女儿不敢招呼我。她直盯盯地在等候前方背影的指示。但背影在滑动，在挪移，或者用一种混迹在人流中的暧昧，稀释了信号。几岁的女儿无法通过背影明白"背对"的意思。

女儿四周一下空了。

她像从森林探出脑袋的一根枝丫，森林腾空，把根须带到天上，连同自己的影子。这样，她对自己投射在地面薄薄的影子产生了怀疑，她不看我，一直在看影子，以及影子正中的自己。我走过去，摸摸她的头，她亚麻色的头发在直射的光照下逶迤、翻卷，接近一部棕色质地的老影片。她小声地喊我，爸爸。爸爸。顺着她的正前方，我看到前妻和她父母并没有停下，但是已经放慢了脚步。这是在催促，也在等候。

倏的，他们消失了。

女儿是一块木头，还在寻找那片森林。林子里那些飘飞的根须和枝叶，逐渐被无数交错的背影剁断。

女儿喊：爸爸。她的声音清晰了。

女儿转过头，那些平时我熟悉得如同自己掌纹的表情，开始在她苹果一般的脸上绽开。我说，"你走吧，不然就追不上他们了。改天爸爸来看你。再见！"她嚅动了几下嘴唇，挤出了一些词句，但一个字也听不清。我直起身，看着她从我的阴影里迈步，加速，打了一个踉跄，在身体快触及地面时，她横着收了回来。这样，我能看见她的半张脸，她斜睨着我。她的眼睛，真像枝叶上的露。

这个时候，她的侧身与地面的阴影，构成了一把迟钝的木犁。她亚麻色的头发在光中筛落碎金，这让我想起阿丽阿涅德公主的那根走出迷宫的金丝。然后，丝溶解在空气中……

有关这次偶遇，我后来没有再问过女儿什么。今天，我带她去公园，我拿出一个红苹果，她双手接过，咬了一口，口形如花，果汁顺她的下颌流下来。

女儿的十岁生日

为了安静写点东西，我独自住在一个小房子里。刚刚搬出来几天，写出了一点头绪。2月26日是女儿青青十岁生日，无论如何我要陪陪她。

我一早开车载奶奶去浅水半岛接女儿。她今天穿得很漂亮，翻毛的靴子，水红色镶毛公主大衣，麻栗色的头发又浓又长，她的身高仅比奶奶矮一寸了。我们三人在市区转悠，我问她想吃什么？她小嘴一翘："想吃西餐。"但奶奶从不吃洋玩意儿，我只好让奶奶先回家等着。

我平时也无吃西餐习惯，把汽车停了，我们骑自行车逛街。这是女儿最喜欢的事，她坐在后座上，不大像一个手舞足蹈的孩子，倒更像是一个出嫁的公主，表情庄严，像是在行车检阅人民。我顺道去商场为她买了一台平板电脑，当然了，是以增进学习的名义。看到芒泉路路口有一家西餐厅，我们就进去了。

铺着厚地毯的西餐厅播放着萨克斯旋律，恒温的大厅弥散淡淡的茉莉花香，大厅无一个客人。我选择了一个靠窗的座位，很舒服的绒面沙发，女儿塌陷下去，两根麻栗色的长发辫搭在靠背上空飞，像突然现身的黑客。

身着西服套装的服务小姐见多识广，她显然看出了来此的主角不是我。她把装潢精美的菜单在女儿面前打开，微微躬身，无比亲切，像嘘寒问暖的妈妈。青青翻动菜单，哗哗哗，她点了牛排，她立即改口：要88元一份的，另外要了一个12寸的水果比萨，外加两杯苹果汁。小姐再次弯腰，微笑，倒退而去。青青说："爸爸，这里的菜好贵！我点的是最便宜的……"

我静静抽烟，望着街头的车流，行道树间插有怒放的红梅与樱花，与花相望，我没有说话。女儿挥舞银亮的刀叉，估计是在模仿一个卡通片里圣斗士，她切割空气，可能也想斩断我的不快。她哈哈大笑："我知道你搬出来了，这是我生日知道的最高兴的事。爸爸，你可不可以搬回来呢？"这是她第一次问我这类问题。我停顿了一下，突然看不见红梅与樱花了。

我对她说："爸爸从来没有对你讲过，为什么要与你妈妈离婚，你也从来没有问。今天是你生日，我试着给你讲一下，不明白的地方可以打断我，问……"

牛排端上来，女儿使用刀叉显然不纯熟，我帮着她切开带骨的牛排。她用叉子叉起一块，突然伸向我的嘴。

喷香的牛肉堵住了我的话，流质软化了复杂的理由，我说：我本来可以与你妈妈一起生活下去，她的学识、人品都很好，就是太懒，我在写作的上坡阶段实在太累了。更关键在于，爸爸离开你妈妈的最大原因，用两个字来概括，就是自私。因为我渴望拥有一个更宽松的环境来写作。我的一生就是写作的一生。但上帝总是公平的，不是你的东西，就一定要偿还。你看看窗外的世界和人民，公平如大水滚滚，公义如江河滔滔！

青青打断了我："可是，那个老板也不懂写作呀。"我说，是的，但是她自以为懂。但是，商人与老板是有区别的，你在课文里一定会读到莎士比亚戏剧，其中有一个名叫"夏洛克"的商人，一定要记住！

估计青青听不懂这些了。她说："我想起来了，我的美术老师知道你是作家，想要一本你的书。"我答应一会儿回到奶奶家拿书，送给老师。

比萨送上来，小姐对我说，孩子吃不了这么大的比萨，爸爸也帮着吃一点！我没有吃，哪有胃口？女儿抢过打火机，为我把烟点燃，我闻到她头发间的一股体香。我静静抽烟，看到横斜而出的烟雾在女儿麻栗色的头发间盘踞，她有些散乱的头发将烟雾一丝一丝地剖开，就如山腰上松树枝条垂挂的松萝，反而厘定了身后雪山的雄奇。我看着女儿埋头，她的头发渐渐垂挂下来，猛然想起萧红描绘枯坐书斋的鲁迅先生，在《回忆鲁迅先生》里她总共写下了29个"烟"字；她更在《鲁迅先生记》里描述："那烟纹的卷痕一直升腾到他有一些白丝的头发梢那么高。而且再升腾就看不见了。"在后来的岁月里，这烟雾篆字一般盘绕在她的刘海间。这是女儿对父亲的银钩铁画，出典是鲁迅《野草·一觉》："我疲劳着，捏着纸烟……烟篆在不动的空气中上升，如几片小小夏云，徐徐幻出难以指名的形象。"

烟雾成了沉思者的气场，烟雾迈开豹子的趾爪在沉思者头骨凌空蹈虚，成了"烟篆"。这是豹的踪迹，也是沉思的踪迹史。我以前深觉这是一个神示的陌生的命名与照亮。20年时光弹指而过，现在，在女儿的头发间，我轰然彻悟了。我就像在一面虚拟的镜子里，看到了幼年的我，反方向的我。当然了，在女儿面前抽这么多烟的确不好。

青青眼大肚皮小，比萨几乎未动，我们就打包离开。天空飘着豹子毛一般的细雨，将沉降的雾霾拉到街面，行人看上去像鬼鬼祟祟的猎手。她突然说："我不敢撒谎。爸爸你今天花了很多钱，一会儿送我回家时，你一定要对妈妈说我吃过了生日蛋糕啊……"我暗叫惭愧，立即带她去买了一个生日蛋糕。

我想，当她把一大包东西以及不大明白的雾气带回家，她根本无须撒谎。

我把自行车停好，开汽车去取我的书，签名，再把女儿送回家。因为她的妈妈、舅舅、外公外婆还准备下午为她过生日。在小区门口她向我招手，这个告别的动作她已经做了整整 7 年。她还会继续吗？

她举起手，侧身，一脸庄严。她头发蓬松，沾满乱飘的雨丝，我看到了盘踞不去的"烟篆"，倏地销匿了……等我回到母亲的住处，我们开始吃午饭，已是下午 3 点。

酒桌边的女儿

8岁的女儿偶尔得到批准来我这里玩半天，我自然全力配合。带她出去吃饭，一般是她最喜欢的麦当劳。她吃得很开心，抬头见我不吃，问我："不好吃吗？"我说，爸爸不吃这些东西。她不再说话，很快吃完，拉着我的手离开这个噪声的发源地。稍大，她就不再说一定要吃麦当劳了。后来提出吃涮羊肉，我很喜欢。

愧为作家，但我的应酬极少。一方面是天性使然不喜热闹，另外一个原因，是近年酒量衰败，不愿再出丑。但一年里总会有必须参加的酒局，回请几个朋友也必不可少，不然的话，我就过于不近人情，成为只进不出的怪物。前不久邀请郁达夫研究专家郭文友、晚清四川提督唐友耕的后人唐老师以及书评家朱晓剑来家一聚。一年里很少来我住处的女儿恰好提出要来看我，我请母亲去接她过来，我们可以"小规模地荡气回肠"。

女儿吃完时，我们的酒尚未过三巡。她问我："爸爸，你喝完酒就带我出去玩，好吗？"我慢应之，因为我正与大家谈论着刚刚发掘出来的一则晚清秘史。她很听话，去客厅看电视。

我讲到动情之处，不禁手舞足蹈。手臂一挥，碰到了身后女儿的头。不知什么时候，她已经站在我旁边，翘起了嘴，我的表情由秘史返回到现实，有点尴尬，也有点得意和顽皮。摸摸她的脸，又继续讲。

干杯。

在充满酒气的房间里，强烈的灯光下可以看到卷烟升腾起的烟雾，贴在天花板上郁积，像一只倒吊而行的豹子。大家再次举杯，为我的两本书即将出版，干杯！女儿显然不耐烦了，她干脆站到我跟前，翘起嘴，看我。我告诉她，这杯酒喝完，我们就出去。

唐老师开始讲述她的祖辈——晚清四川提督唐友耕以及儿子书画鉴定大师唐老九的一些往事，我听得很入神，找来一支笔开始记录。女儿站在一旁看我写字，没有说话。

干杯。

哦，我追问了刚才记录中的一两个疑点，唐老师又做了详细补充。酒渍浸透了纸张，签字笔的笔迹纠结，像鳄鱼脱落的牙齿。

朱晓剑提议，干杯。

我有点醉了。恍惚中听见了女儿的哭声。我用力回过神来，看到她站在我身边抹眼泪。心里一翻，想呕吐。大家扶我到卧室躺下。我依然看到一层烟雾贴在天花板上郁积，像一只倒吊而行的豹子。怪了。但是我感到一块冰贴在我脸上。

是女儿用手在擦我眼角的泪水。

我说："青青，爸爸对不住你。我喝醉了，没法带你出去玩了。我现在也不能开车送你……"

她继续用一块冰在我额头降温。

她说："爸爸好好休息。我回家了，改天来看你。"她转身出去了，带起了一股风，蛰伏在天花板的那只豹子一抖身，是漫天的梅花。她的皮鞋声响到了楼道里，我听到她放声大哭的声音倒卷回来。

过了几天，母亲来看我。说她把孙女送回去的路上，青青说，她讨厌酒。

从此，我就不会再带女儿到酒局里去了。

台　阶

　　浅青色的砂岩，整齐而挺括，这一长段台阶是我每天的必经之路。粗大的石栏杆上有一些媚俗而粗糙的雕刻。走在上面，甚至还能隐隐感觉到有一股威严的意味，只是台阶的尽头并不通向制式的高门大厦，它只是连接一片民居。

　　酒喝得太多了，走上台阶心跳立即加速，就反胃，就头晕，一屁股坐在台阶上喘气，我突然觉得，这段台阶少说已经走过几千次了，可是我一直不知道台阶的具体数字。好奇心一起，就决定数一次。哦，一共是38级。

　　这事很快就忘了，有时在深夜路过台阶时，我会想起来，哦，台阶有38级！

　　有一天，朋友来我家玩，酒足饭饱以后，我送他出来。站在台阶顶上俯瞰周围的夜景，我们谁也不说话。我对他说，这段台阶是38级，我们闭着眼睛走下去。这是小孩的游戏，但我们还是决定，在酒意中完成这个发泄精力的捉迷藏游戏。

其实闭不闭眼睛都是一样的，反正四周漆黑一团，偶尔夜雾飘过来，使砂岩表面的石英闪光，就像一袭丝绸旗袍从梦里滑过，让人心惊。我们走到了台阶的底部，是37级。朋友顽皮地望着我笑，"你说是38级，多半是你喝酒喝醉以后的算法吧。"我呵呵呵地答应着，觉得有点邪门。

把朋友送上车，我退回到台阶前，决定再数一次。此时，两旁的石头栏杆已深深陷入黑暗，像两根倒向沼泽的枯树。我一步一步向上走，脚下踩到了滑腻腻的东西，我没有去分析是什么，也许是蛇吧，我继续往上走，如同在棉花堆里穿行。

39级！是39级台阶。

我知道以前错了，酒精制造的幻觉总是闲适而愉悦的，你无法在酒精的指挥下学习算术，也无法回想更复杂的往事。我双眼迷糊，跌跌撞撞回到家，倒在沙发上，就进入了无边的梦乡。

恍惚记得《39级台阶》是出自希区柯克之手的经典影片，悬念在39级台阶上铺排，然后在金发美女以及理性推论之间峰回路转。一切冒险勾当不再有一个目标，不再是为了维护一种生活方式，这一切都是由所谓的"麦克古芬"理论引起的。哦，"麦克古芬"是经常被希区柯克本人以及评论家提起的大词，意思好像是：一个话题或一个简单的意念，可以生发出纷繁多姿的悬念和情节。它们是难以捉摸的鬼魂，从未被人目睹并规定过，所以，它们永远不会暴露，因而就越发危险！

如今的有产阶级很实惠，巴不得希望自己的脚下出现与电影情节吻合的场景，可惜的是，他们经常踩到的台阶上，并没有刺激的导火索，往往只有卫生纸或狗屎。我不是小资，所以即使踩到40级以后，也不会遗憾。

记得在一本阴阳书里见到过，所谓台阶的级数，是受阴阳观念的左右。多是奇数，按清代的规制：公侯至三品官宅第之台基高二尺，四品以下至庶民者则高一尺，折合起来，前者为三阶，后者为一阶，就符合阳数的规矩。于是，就有文化了。民间建筑的台基高度，常因实际需要而调整，倘若不巧出现偶数，则将台面加入计算，反正要把级数整成奇数。但这是古礼，在这个渴望纵情的年月，芝麻开花节节高，天天上一个台阶，哪里还管什么奇数偶数！你走得进庙堂和金库，就不怕下地狱。

现在就是流行醉酒，要醉得死去活来找不着北，就像前一段时间流行偷情和同居一样，男人们总是忘情投入的。昨天晚上，我和几个朋友又喝得脸色发青，我强忍越来越强烈的反胃冲动，好不容易分手了，谢天谢地，我坐到了台阶上，开始剧烈呕吐。最后，就瘫倒在台阶，似睡非睡。

四周很静，蟋蟀偶尔发出尖厉的鸣叫，就像一把钝刀在切割白铁皮。砂岩冷澈而平静，以一种无边的坚硬展示石头的本质，这让狂跳的心脏平息下来。我站起来，开始向上走。我决定再数一遍台阶。

我扳着指头一级一级地数，并且大声报数，绝对不能让未知的事物从指缝漏走。每喊一个数字，就像抓住了一个无名的东西，予以验明正身，像石头上的錾子痕迹，使无名的石头无法逃脱被命名的历史。

终于走到顶部，是 35 级台阶。我的汗水已经濡湿了衣服。

我逐渐感到了一种恐怖，一种对自己丧失了信心的不安情绪开始弥漫在空气中。那些淡白色的夜雾越来越浓地堆积在台阶，就像一个安静的迷宫。

我必须再数一次。不然的话，晚上是无法入睡的。我往台阶下走，一二三四，就像小孩子那样天天向上，但我却是一路下滑。五六七八，好像回望着经历过的女人。但是我绝对不能走神，绝对不能旁逸斜出。为此，我用脚重重踏响黑石头，企图亦步亦趋，脚踏实地。脚被台阶反弹得发痛，我忍着，数到 30 级时，我向下一个目标迈进，我要摸着石头过河。但 31 级台阶是虚无的，是个陷阱，使得我在数字的悬崖一脚踏空……

我跌倒在台阶下，几乎闭过气去。天空的星星还很明亮，看起来像鬼火。

连滚带爬地回到家，妻子见我鼻青脸肿，以为我打架了，我说是撞鬼了。请她做件事，就是打着手电筒去数台阶。妻子的眼光十分奇怪，什么话也没有，就出去了。我躺在沙发上，脑袋胀得厉害，觉得自己就是一个大头鬼。

妻子回来了，一脸严肃，看了我足有半分钟，说：是 37 级台阶。

我说，谢谢了，睡吧。我立即就睡了，第二天起来，见妻眼皮发红，估计她一夜没休息。看来，我必须找个理由，为自己的悖谬举动找个台阶才行啊。

我决定不再玩这个游戏了。我发现自己连这么一个验证也实现不了，很是心灰意冷。以至于后来，我总是绕道而行，尽量不走这段台阶，以免引起更大的不快。

法国哲学家加斯东·巴什拉有一段话真好，我忍不住抄在这里：

但是在我们的记忆之外，我们诞生的家屋，铭刻进了我们身体，成为一组有机的习惯。即使过了二十年，虽然我们踏过无数不知名的阶梯，我们仍然会重新想起《第一道阶梯》所带来的身体反射动作，我们不会被比较高的那个踏阶绊倒。家屋的整个存有，会忠实地向我们自己的存有开放。我们会推开门，用同样的身体姿势慢慢前进，我们能够在黑暗中，走向遥远的阁楼。即使是一道最微不足道的门闩的触感，其实都还保留在我们的手掌上。

指缝里的白烟

　　2006 年 9 月 8 日零点 54 分，我父亲在间隔了大约 10 秒钟后，伴随喉咙里持续的异响，他吐了一口长气。我突然闻到一股梨子的味道。此时，那些系缚在他身体上的十几根管道仍在尽力工作，监视仪显示他的心跳还有每分钟 50 次，但，父亲已经不呼吸了。此时，他的眼睛灰蒙而发亮，就像从蒙尘的玻璃罩后透出的烛火。由于呼吸极度困难，他的假牙早被取出，嘴巴阔大而空洞，手掌全是黏腻的冷汗。1 个小时前，那支从他胳膊下取出的温度计放在小桌上，我记得已经上不了最低刻度，大约 34 度。我松开了手，由于紧张，我把父亲发肿的手背捏出了几道印痕。起身关闭所有开关，包括那运转了 8 天的空调，推开窗户，入秋的第一场雨下得惊心动魄。

　　几个朋友和亲属在为父亲沐浴、更衣。我把父亲扶起来，他太软了，棱起的肋骨压着我的脸。他的眼睛一直看着一个无从洞悉的所在，恒定的烛火似乎源源不绝。由于来自三秦大地的华贵寿衣尺寸略小，而且有 7 件之多，反复几次，终于为父亲穿戴整齐，这是我第一次看见父亲穿上庄重的唐装，像个陌生而遥远的古人。看来，唐装对一些人来讲，毕生就只穿这么一次。而且，暗红色的绫罗绸缎并不适合父亲，一是质朴的性情，其二在于，父亲实在太瘦了，如今浑身浮肿，宛如被形容词武装起来的富豪，显得夸张。

我试图合拢父亲的嘴巴，抚平他的眼帘。这个工作持续了大约20分钟，但他的眼睛仍然闭合不好，总有一丝光流泻而出。我拍摄了几十张照片，这是远在加拿大的姐姐的一再嘱咐，我必须让她看到眼前的每一个细节。

没有医生来打扰了，他们收走了所有设备和装满各种液体的瓶子，只剩父亲和我，以及窗外逐渐平息的雨声。我想抽烟，母亲说你就不要抽了吧。我点上烟，突然觉得体内有一股大热，冲得我险些倒地，但我稳住了，一口口把烟抽完。发现父亲的头发乱糟糟的，又给他梳头。他的头发一直泡在冷汗里，仍没有干。

殡仪馆来的是一人一车，带来一张铝皮钉制的小担架。目的很清楚，装运均由家属完成。大家张罗着，按本地民俗，我不能直接去抬担架。我把父亲抱起来，他最多只有60斤。在把父亲放进殡葬车的专用铁皮箱时，雨点落在父亲的颧骨，他眯缝着的眼帘仍然泻流着光，比雨点要亮。

我发动汽车，打开远光灯，跟住殡葬车。路线是过解放桥，走汇东大道。这一带，是父亲经常散步的地方。他相信生命在于运动，骑了40年自行车，退休后每天散步的距离多在4公里左右。现在，他走在同一条路上。斜划的雨滴在路灯下显得异常安静，又被迅疾的车头切开，发出清脆的裂声。

到达殡仪馆的登记处，四周只有雨声。汽车刚一停住，房檐下突然亮起了几盏昏暗的灯，将这座仿古模样的建筑勾勒出来。几个戴着巨大白手套的人，从不同的房子里朝我走来。

眼睛逐渐适应了环境，我才发现这些建筑，类似老式会议室，房间高敞，尽管用了很多塑料花做装饰，但仍然掩饰不住那些泥灰涂抹的天花板上出现的龟裂细纹。作为全市唯一的市级殡仪馆，体制的力量并不仅仅体现在塑料花和墙壁的"操作指南"上，在那张足有一丈开阔的办公桌后面，一个睡眼惺忪的小姐打着呵欠。

一个戴眼镜的中年人靠在我肩膀后，向我挥舞巨大的帆布手套："啊，啊，我想告诉你，尸体可以停放到豪华厅、高档厅，当然了，低档的小厅也可以。"听上去类似卡拉 OK 的领班在为客人悉心安排。"至于普通的？有倒是有啊！但那是停放无名尸体的大冰柜，那些多半是放了几年的尸体！"他的目光从镜框漫溢出来，刚好与暗淡的路灯相接，使他的镜片上出现了罕见的彩虹。然后，他目无表情地看着我，信心十足，等待我顺着他铺就的台阶，一步步往下走。他的嘴里吐出的道道气浪，在潮湿的空气中划出了一条爬行的白汽。我闻道了一股梨子的味道。

我直接走到了那张夸张的办公桌前，看到侧墙上，挂着一排工作人员的标准照，这个"眼镜"是停尸组的组长，难怪他那么负责。打呵欠的小姐递给我一块黑色的小木牌，让我写死者的名字。父亲的名字里，有一个"昶"字，眼镜和小姐都不认识，眼镜大声对小姐说，就是"一个永一个日"。小姐把头埋到一个账本里，不断问年龄出生日期死亡时间之类，我只好看着她。因为我已经把父亲的身份证给她了，不知道她是不识字呢，还是要核实我的记忆。她又问："死者有几个子女？"我不明白她的意思，她抬起头，笑了，充满了深情："啊，是这样，几个子女就摆几个花圈，豪华的 200 元一个！"

那几个戴巨大白手套的人散在我四周，没有一个抽烟，也没有一个说话。他们等待着下一步的事情。我点上了烟，看见一个留小胡子的矮个子退下了手套，变戏法似的拿出了一个化妆盒，开始给父亲化妆。刮胡须的声音很轻微，但在空荡荡的屋子里仍然显得刺激。他竟然拿出粉饼，给父亲涂脂抹粉了。我让他停下来，将所做的事情重做一遍，为了对得起 300 元化妆费，他很听话。

接下来，父亲被安放到塑料蜡烛、塑料植被、纸花环绕的玻璃匣子中，他的眼帘仍是那个样子，让我心惊。我拒绝了那些永恒的花圈，它们已经褪色，仅仅换个名字就可以贴上去的花圈，已经被无数的死者领受过了。

走了出来，坚硬的雨点打在额头，啪啪乱响。耳朵一直在耳鸣，我 8 天没有休息了。突然，我又闻到了梨子的味道……

三天后的早晨出殡，仍是大雨。我来到这个叫"尘梦"的停尸间，打开玻璃匣子，父亲早被冻硬，奇怪的是，早已经过细致梳洗，却发现他的几缕头发仍然粘在脸颊，就像他出去散步，回家后疲倦地躺在床上。我立即清理了那些乱窜的头发，把写好的一张纸条，放到父亲手心。

根据父亲的愿望，不开追悼会，只举行告别仪式。父亲的遗像，用的是 1969 年他 39 岁时拍摄的一张三寸头像放大而成。在原相片的背面，竟然留有我几岁时写的两行钢笔字，歪歪扭扭："我的好爸爸，我错了，请你不要这样！"我已经理不出头绪了，估计是做错了什么事，怕父亲责备，在他上班后，就对着他的照片承认错误，写检讨。隔一层纸，父亲站立在另一面，不知道他是否原谅了我。他能够辨认我蚯蚓一般的字迹吗？我的两行字，就能让他在纸面微笑吗？他的那双手，曾把我高举起来，我看到了更远的地方。他教我游泳，在河心，我就站在他肩头练习跳水。我踩住他的胯骨，踩住他的肋骨，踩住他的锁骨，才能站上去，但我突然滑倒了。我大口呛水，父亲一把将我从水底捞起来……

亲友们在焚烧花圈、挽联，少数人在嘤嘤哭泣。由于湿度很大，粗大的香烛在细雨里释放出的浓烟密集而精怪，像亮墨一样在宣纸间漫漶。火化炉有两种，我选的是燃烧温度更高的欧式炉。把父亲放到传送带上，我看到了他手里的那个纸条，被通风道里的强风越吹越长，险些被带走，那些绫罗绸缎翅膀一般打开。铁门切下来，里面传出轰隆隆的声音。

那根烟囱开始冒黑烟，逐渐转淡，白烟在水汽中造型，难以散尽。父亲毕业于民国政府四川灌县空军幼年学校，校长是蒋介石，父亲为第五期学员，学号1411。这是当时中国唯一的"空幼校"，他差不多读了10年，他的梦一直在天上。记得父亲在一个回忆片断里写到过，空军幼年学校是1939年国民政府在都江堰蒲阳镇成立的，主要为抗战培养空军预备人才。学校仿苏美空军预校模式，招收小学毕业或初中肄业的学生，1939—1945年在灌县蒲阳镇招收的学生共6期，约2000人。但好像父亲从没有与同学联系过，也许，时过境迁，就淡了。今年初父亲来成都治病时，希望他身体好转一些，让我开车送他去蒲阳镇、簇桥（另一校址）看看。

揪心的是，这个如此平凡的愿望，在我眼皮下竟没有为他实现！

现在，父亲可以动身了。

40分钟后，传送带启动，那个耐火材料铸成的床回来了，在我的跟前停稳，所有声音立即消失了。我看到了父亲，他已经沉到几十个耐火砖头下的沟槽，只有大臂骨大体完整，其余部分，均已经散乱了。我历来相信最坚硬的头骨，竟然碎裂得不成样子，估计是骨质疏松所致。一个戴口罩的人出现了，他沉闷的声音就像是来自烟火风道："骨灰你们就自己拣，因为你们没有买我们的骨灰盒。"我突然觉得很高兴。自拣骨灰据说是最"人性化的方式"，没料到，却以"没有买我们的骨灰盒"这样一个廉价理由，就让我免费获得了"人性"的体验。阿门。

我没有用夹子，我和几个叔叔一起，把骨头从沟槽里找回来。骨头仍有相当热度，火焰已经从他身上消失，与其说是身体燃烧殆尽，不如说是火淘空了自己。火将火的身体反翻出来，就像父亲把内部翻出来，而把那些肉，魔术一般掩到骨头之后。骨头白中带黄，父亲的头，父亲的肩胛，父亲的腰，父亲的大腿和脚掌，我依次放到不同的地方。殡仪馆竟然没有骨灰粉碎设备，如何粉碎？我用手掰碎骨头。我的手指熏满了卷烟的味道，不吸烟的父亲多半不喜欢，碎裂的骨头在我的指缝里冒起了细微的白烟。骨头总是扎手的，那就必须耐心一点，一点一点把父亲变小，让他正立着站在汉白玉的骨灰盒里。父亲生前发生过几次骨折，颧骨、腕骨、尺骨处均有伤痕，记得我八岁时，父亲被飞起来的齿轮击碎了半边颧骨，我在医院看到他时无论如何已经认不得他，我哭喊着，但他从一堆纱布后伸出了一双我熟悉的手，摸我的头，擦我的眼泪。可是，我在父亲的骨殖里，没有找到这些。我拣起胫骨，里有很多褐色的气孔，双手攥紧，用了很大力量，就像在撕裂一块玻璃。

父亲的死因是弥漫性肺间质纤维化，我特别留意那个位置。耐火材料上，除看到一些沙一般的黑色炭化颗粒，再没别的东西。凡人看不透身体，如同凡人看不透生死。所谓"从一个花园到另一个花园"的齐物观，父亲多半是不相信的。他看重生，他关注的事太多了：小孙女的感冒、NBA赛况、我的住房按揭款何时到期、我平时行车的安全、姐姐在加拿大软件公司负责的软件开发项目进展、在成都民间突然曝光的神秘的中药偏方……而死，则是唯一不移的收获。

我用一把小刀修切着父亲的照片，终于切成椭圆形。看着我嵌在骨灰盒上父亲肖像，我想把幼时写在他照片后的那句话，再写上去。

站在骨灰盒里的父亲，如同沙漏的主人。那些从他身体里流逝的时间，现在，全部回来了，回到了时间的流质形态。那些早年的过失、青春的错误、失之交臂的情感，包括那些写在沙上的誓言和沙上建筑，一切，均可以在骨灰的反复流泻中，在自己获得无穷的时间之际，也让时间获得重生。一个人的生与死，已知和未知，在沙漏中，已经成了。

人的屈辱浮沉，以及身体的阴晴圆缺，都只是转瞬即逝的时间之壳。恍惚记得博尔赫斯说过："时间是构成我的物质。时间是带走我的河流，但我即是河流；时间是烧掉我的火，但我即是火。"死亡的任务即是照亮、就是回顾匿藏在时间缝隙里的情与物。凡者的生死，一直提醒我：我们既是起点、穿越者和终点。骨灰盒里的父亲，不止一次听过我这番连我自己也未必彻悟的宏论，他从来不置一辞。我想，他无须回答我的牙慧之论。他从来不知道海德格尔，更不知道海氏"向死而生"的玄义，但是，父亲明了孔子"未知生，焉知死"的清楚流向。

记得父亲最后一次住进医院，一个暴热而安静的深夜，他突然发问："蓝蓝，你还有什么话给我说？"我说了很多，他听得认真，但不回答，自此，他没有再说一个字。想到这里，我觉得自己就像雨水泡烂的泥土……

一场散射到高空的电影

事情大约是在 1973 年。深秋的傍晚。

姐姐蒋苓 10 岁，瘦弱、高挑，那时在自贡市业余体校游泳队参加假期训练。她平时每天下午下课后去游泳馆，要游一千米，可以吃到不要肉票的伙食。但父亲很不放心，经常去探望。那个年代也颇奇特，除了父亲不时光顾训练场，就几乎见不到另外娃娃的父母也如这般挂念。

深秋的一天，父亲带着我步行几公里来到游泳馆，游泳池空寂，姐姐也不在。大门边一盏昏暗的路灯，透射出体制的威严。父亲向一个穿一套运动衫的中年人打听。对方牛逼，回望了我们一眼："队员看坝坝电影去了。"这个信息，对我的吸引力大大超过了游泳池。猴跳武跳的，父亲明白我的意思。但他不抽烟，很难与牛逼教练套近乎，父亲有些结巴，靠上前热情地东说西说。教练明白了，这是一对穿着土旧、来看望蒋苓的父子。他只补充了一句："就在灯光球场。"大背头一甩，转身就走。灯光球场是当时自贡市唯一的正式篮球比赛场地，父亲参加过第一届全国运动会，在那个球场打过多年的篮球，他快步跟上去，不断与牛逼教练套近乎，教练不说话，背着手，向着人民公园的高坡上走。渐渐地，我听到了激烈的枪炮声，冲锋号嘀嘀嗒嘀嘀……透过茂密的树林，银幕将强光反抛向夜空。哦，应该是《南征北战》的关键时刻！

急急走到公园坡顶，大坝子左侧是灯光球场大门，要门票。一言不发的教练排闼而入，如入无人之境。父亲和我被挡在了门外。异常瘦削的父亲长长叹了一口气，他摸了摸我的头："儿子，我们不进去了吧。"他的手掌巨大，与瘦削的他完全不成比例，又抚摸我的脸，我终于平静下来。父亲拉着我，慢慢回家。多年以后，年迈的父亲某一天谈到这件事，他说："这是老子受到的最大侮辱！"我知道，因为有 8 岁的我在场，这个侮辱被进一步放大了。其实，门票 1 角钱一张，才 2 角钱，父亲为什么要跟 2 角钱斗了半辈子的气?!

自贡市人民公园始建于 1930 年，起始叫釜溪公园，为盐商集资修建。1941 年更名为慧生公园；1950 年更名为自贡市人民公园；1988 年再次更名为彩灯公园。公园占地面积 10.3 公顷，其中水上面积 0.75 公顷。2015 年大年初一晚上，我来到火树银花、璀璨漫天的彩灯公园，走到昔日的灯光球场门边，那里在举行台湾美食节，蒸笼冒起团团蒸汽，将大快朵颐的吃客淹没在蹩脚的朦胧诗当中。威严的门卫已经变身为利润的门童和小丑，鞠躬如捣蒜。我没有食欲，但想起了父亲，想起他拉着我离开的那一个夜晚——好明澈的星空啊，比灯会要澄澈得多，明晃晃的月亮下走着沉默的爸爸和我……因为这个原因，我向那个昔日的高门，多看了一眼。

石胆里的蝌蚪

我父亲毕业于国民政府设立在都江堰蒲阳镇的空军幼年学校，易帜之后长期从事盐业地质钻井技术工作。曾经志在蓝天，而后埋头于地下，孜孜以求。这种反差，他偶尔会在花生米与酒意边缘泄露几句，很快，又恢复到地狱工作的状态。20世纪70年代初期，记得是一个暑假期间，他带我去凉高山，去见识一种著名的石头：凉高山砂岩。

从解放桥乘公共汽车，车背上背着一个巨大的装满天然气的橡胶气包，这种如今被视为清洁能源的车辆，在那个年代均是落后、丑陋之征象，像夸西莫多。烧天然气的汽车动力不足，开了40分钟才爬完那不足10公里的上坡路段。坡顶是一个大平坝，遍布褴褛的建筑、蔬菜地、泥土小道、粪坑。路边右侧空地上有一个巨大的四方形石坑，直径五六十米，那是当地生产队农民一层层凿取建筑石头而出现的一个漏斗，足有三四十米深。石壁边有很窄的台阶，一圈一圈旋转而下。来到坑底，天色渐渐暗淡。

整座石坑没有一条断层，完整挺阔，笔直而观，像一个颤巍巍的主义。

父亲抚摸被布满錾子痕迹的浅黄色石壁，他开始画一个石坑的剖面草图。石坑底部叮叮当当，弥漫一股石头的奇妙香味。我很好奇，与正在打石头的农民摆龙门阵。见到一个小孩，农民来了兴致，他决定吸引我，不能小瞧了。"我变个戏法给你看！"他身后有几个大小不一的石球，他用铁锤的另外一头——斧头刃去砍一个浑圆的石球，石球大小与我在上体育课使用的铅球近似。一下，二下，他将石球砍开。石球像西瓜一般对剖而开，里面有水，我看见二只黑色山蚊子一般的东西。

"小娃娃涨点见识！这是蝌蚪。它们在石头里待了起码上亿年。"这个石匠对我炫耀。

我睁大眼睛。大约半分钟，蝌蚪渐渐化了，彻底溶解在水里……

结核石形成于距今 5.4 亿年至 2.5 亿年的寒武纪早期，又被称为铁胆石。它是在地壳中的沉积物沉积或堆积之后的一个漫长的成岩过程中物以类聚的化学作用下，由某种或几种矿物质聚集而生长成的球状、连球状或不规则状矿物团块。但"石胆"的叫法也不正确。石胆是铜盐，又被称为胆矾、黑石、君石、毕石、铜勒等，其中胆矾是指带结晶水的硫酸铜。石胆具有药用价值，有毒性，多作为以毒攻毒之用，是古代"五毒"之一。

多年以后，我时不时回想起父亲带我去见识石胆的情形。1933 年，著名地质学家谭锡畴、李春昱命名的"自流井"的岩性地层——凉高山砂岩就是以此砂岩而来。我不是关心石胆中的蝌蚪的生物意义，而是逐步意识到，有许多秘密，其实是安详而静谧的，犹如一个词根藏匿的隐喻，它们一旦被外力敲醒，懵懂地出现在另外一个陌生语境里，已经不是歧义变乱的问题，而是干净、直接地丧失。

这么多年来的写作，我对那种叙述生活乏力、反而倾心深度阐释的文本深具恨意，原因即根植在见识石胆的往事。

月光中的冰和沥青

　　人到中年了，蓦然发现，自己与流行歌曲已经绝缘多年。以前开车时偶尔还跟着 CD 哼一哼，后来觉得跟着唱也感动不了空气，听也懒得听。耳根清净，我开车从不出事。

　　前几天开长途车，疲倦得很，终于找出一张苏芮的 CD，是《一样的月光》。这是 1983 年台湾电影《搭错车》的主题曲。说实话，我对流行歌曲的理解能力差不多就是 20 世纪 80 年代的，特低。我的青春和苏芮、蔡琴、姜育恒、齐秦等人的嗓音，一直就停在那个年代。歌星也在与时俱进，让我停滞在原地，并坚持把他们盘桓不去的嗓音想象成冬季的梅花——树枝遁走了，把花弃在空气里。好在还有月光把它们照定，才不至于在泥淖里坠毁。

　　"一样的月光，一样地照着新店溪。一样的冬天，一样地下着冰冷的雨。一样的尘埃，一样地在风中堆积……"吴念真、罗大佑的歌词，像种子吸允糖水，我能听见植物灌浆的声音。汽车在沥青盘山路上穿行，让我想起苏芮的激情，正在穿越她日益凸凹丰腴的腰身，使她在革命中返回到那个有型的年代。

是的，有一些脸庞在眼前晃动。我已经回想不起曾经的女人，与我在月光下的一切邂逅与分歧。总之她们与我在月光下发生的事情，都镀上了一层银子，往事被反照高高抛起，让人看不真切。我也不愿意深入镜子去徒劳地一探究竟。不要打破砂锅问到底，自然也不要去打破镜子。但隐隐绰绰的，也有些莫名其妙，我看到了月光下的父亲，枯瘦如柴，严重变形。

恍记得是自己七八岁的样子，是一个中秋之夜，我被寒冷惊醒。父亲与我同盖一床被子，不知为何，许是一种下意识，他把被子裹得紧紧的。他睡得很香，有轻微的鼻息声。我躺着没动，安静的氛围似乎有一种放大效应，我看见月亮比平常更大、更低，镜子一样镶满了窗户，让玻璃在这明丽的低照中软化，因此，月光毫无遮拦地堆积在床头，我可以清晰地看见父亲的睫毛，蚊子一样，微颤。

在我很小的时候，父亲就带我参加各种体育锻炼，他每天下午下班后，就来到东兴寺小学操场上等我。全学校没有哪一个娃娃的父母这样做，反正父亲坚持来，也跟学校的体育老师成了熟人，他指导我，也指导同学。他非常消瘦，甚至因此成了同学取笑我的一个理由。但父亲似乎从没有察觉到这些，他坚持每天来，下雨了就让我在屋檐下做俯卧撑，100个一组……

我觉得很冷，脚趾没有什么感觉，但有一种刺痛。我试着拉被子，但拉不动。是不想用力太大，惊醒父亲。我又拉了几次，没有成功。当时我想，就是把父亲惊醒了他也不会骂我，但我不想惊醒他。

我把双腿举起来，做了十几次，呼吸一粗，父亲说：做早操的时间还早，再睡会儿。他把被子一掀，将我盖住。不知为什么，我的眼泪一下就出来了。父亲察觉了，问我有什么事。我说没什么，我睡了。

听见父亲的呼吸逐渐均匀了，我又睁开眼睛，月光堆满了床，把我和父亲浮起来，如果不是窗棂挡住，我们会飘出去。我还看见父亲有几根白头发，就像镜子的裂纹，稍一挪动，裂纹立即愈合，藏匿在这一片无垢的时光深处。

估计差不多了，我摸索着起床，穿上胶鞋，慢跑在空无一人的大街上。由于没有睡好，觉得有些头晕。川南多丘陵，气候有些特点，月光之夜总有一层薄薄的雾霭铺在地上，伴随月光的倾斜，月在西天融化，雾霭越升越高，最后把我笼罩在雾气中，像个失去方向的影子武士。

这段月光小事我没有对父亲讲过，他已逝世 3 年了。如果以前就写出来，不知道他看后有何感想。转念一想，父亲在世时，我恐怕也写不出来。往事连同月光，以及那幢被照彻的"东兴寺街 65 号"平房，像雾，在蒸发。只是我眼前摊开在公路上的月色，把沥青激活，与苏芮的月光流水完全不同。

五十步与百步的区别

到 2000 年，我已经骑了 6 年的摩托车——这就是我的"世纪末回想"。但是某一天，它突然从一条巷道拐弯、加速，把我从堵塞的体制内载到了江湖上，所以我对摩托车有一种特别的感情。

我开始骑的是嘉陵 125 摩托车。在很多人希望在自行车上绑个汽油机就直接驶入现代化的年月，这已经显得比较奢侈了。强大的轰鸣声经常使骑自行车的人们紧急避让，那些行车循规蹈矩的中年人往往在摩托车的逼近状态下一阵乱颤，做出些违反交通规则的举动。自然，我会招来一阵怨毒的目光，但后座上的女友是赞成这么做的，她的长发在这种速度的急促变换中夸张地飞扬，尤其是在摩托车突然加速的时候，风把她的内心全部倾泻在头发上，像一面傲慢、挑衅的旗帜……

后来，"摩的"大量涌现，它们像蝗虫一样在城市里飞舞，轻易就把我淹没了。更不幸的是，"摩的"都是嘉陵或性能更好的五羊 125。这些司机是精通中国老百姓的心态的，红色跟中国农民有天然的血缘联系，因此他们的摩托车竟然是一律的血红。而我的车是深灰色的，这一点也不另类，而是显出了某种蓬头垢面的寒酸状。

有一天，我正在公路上急驰，手机响个不停，在我停车接电话时，车身一沉，一个女人猫一般跳上了摩托车后座。

"快点！赶上前面那辆红颜色摩的！"她冲我大叫，呼出的热气直灌耳朵，我闻到了一股浓烈的花露水味道。哦，她把我当成了"摩的"。

这也没什么不可以的，在这个年月，总裁转眼就可能是个诈骗犯。在我加大油门时，我问她："前面那辆摩托出了什么事？"

"狗日的！要了半天不拿钱就想跑……"

明白了，这是一位令人尊敬的小姐。不知她在骂那个男人，还是在自说自况。

对方是单车，听发动机声音是五羊125，我几乎使尽了一切办法也追不上，眼看越来越远，幸好堵车了，我终于靠了上去。车还没停稳，小姐已经弹射出去，一把将那个流亡者拽住，接着是一阵昏天黑地的争吵，言辞比诗人们的"国内流亡文学"要精彩得多。最后，男人摸出了一把皱巴巴的钞票。我正要走，小姐把我叫住了，要我把她送回去。

我问她收了多少钱。她说，差5块才30元。说完，她双手很自然地搂住了我。我估计这时别人看到我和她的造型，就是一对处于高烧状态的情人了。

到达小姐的终点站，她麻利地把手伸进了乳罩，吓了我一跳。我忙说，你还没有到办公室呢！她大度地笑了，手抓着那把烂钞票抽了出来，哦，原来乳罩还有钱包的功能。

她给了我一张最破的5元票，我更大度地拒绝了。告诉她，就当我为那个男人补了她5元，凑个整数嘛。小姐直夸今天遇到好人了，叫我去玩……

有了这样的经历，我决定把这台破车处理掉。老天有眼，才没过几天车就被偷了。但估计偷车人不会有我这样的好运，他至多是那个流亡者。

我准备买250型的进口机车，由于大功率的摩托车不准上户，只好买了一台进口雅马哈150型摩托，全部手续办妥花了接近2万元。不料招来女朋友的责备，主要理由是我已经不年轻了，已经超过了"奔驰"的年龄。想想也对，好像我应该开小车才合适。

因缘际会，单位有一台奥拓车老掉牙了，没人愿意开，我就时常过过车瘾。那时，我女朋友的父母见我开着汽车而不是骑摩托登门，笑容都不一样了。每当他们出门送我离开时，透着恭敬，我从反光镜里看到他们一直伫立在汽车排气筒掀起的巨大灰尘里，还在挥手致意，就像在欢送一个官僚。与其说他们是在送我，不如说他们是在向汽车传递尊敬。其实，这台破车3000元也没人要哇。

宝马公司顶级的汽车，是跟那个永远身穿布里奥尼西装、永远喝摇匀而非搅拌的伏特加马提尼酒、永远没有尝过失败滋味的传奇人物詹姆斯·邦德联系在一起的。Z8型的豪华汽车和世界顶级的间谍，很难说是谁提升了谁的地位。汽车就是为男人发明的，它使男人不羁的本性得以体现，在没有骏马驰骋的文明时代，豪车自然也就成为男人表现勇敢和财富的最好载体。詹姆斯·邦德和Z8传递了一种暗示：这样的生活是一个男人应该追求的。华贵的跑车，每小时200公里以上的时速，引擎疯狂的咆哮声，强劲的气流刮过耳边，还有什么比这更能激起男人的雄心，更能让男人体验成功的感觉？还有什么比得不到它更能折磨男人的心？

中国人对四个轱辘的机器从来就是敬畏的，好像拖拉机也比一辆500毫升排量的哈雷强。他们以体积和重量来换算价值，大概是从买卖废钢铁的经验中获得的。这就犹如他们不信任手提电脑而崇拜台式机一样。同样的道理，电视生产厂家就拼命生产超大荧屏的彩电，单是它巨大的包装箱，就够善良的老百姓欢喜好些日子了。

雨季来临了。我只得开汽车上下班，看见出租车司机们面露喜色，因为晴天被"摩的"抢走的生意终于实至名归了。路过一个公交车站时，我突然看见上次坐我摩托的小姐正在候车，就把车开了过去。

她立即就认出了我，欢天喜地，一言不发拉开车门就坐了进来。

"到哪里？"我问她。

"随便！"她很随便地回答了一声。

那就随便吧。

"你头发剪短了，还穿西装，又有汽车，很像我们那里的客人。"

"客人们不开奥拓吧，汽车应该要好一些。"

"你不懂啊，有好车的人才不开车来呢！万一被抓住，是要被当作'作案工具'没收的，成本就高了。"

我们有一句没一句地闲扯着，逐渐出了市区。我决定请她吃饭。

她把白酒倒在米饭里，浸泡几分钟，再滤出酒来喝。这是一种奇特的智慧。她喝的是急酒，咕咕咕地喝，脸色逐渐好看起来。我发现她应该算是个美女，眼神里有些执拗的光，像冷金属一样，但她正在努力软化它们，像个快下班的女工，哼起了流行歌曲。她拿出一包烟，发了我一支，迅速把火打着了，她举着火冲上了我的眉毛。

"你的摩托车呢？我还想坐！"她笑了，牙齿非常好。一些离去久远的美丽正在返回到她身上，被酒力蒸发起来，妖冶的细节表情逐一展开。

我们立即返回市区。等我把雅马哈开到她面前时，她像一层皮革紧贴在我背后。在酒意中，摩托的时速指针达到120公里，眼里的泪水就被吹出来了，扬起的水雾如同夜色分离出的成分和质地。我们都没戴头盔，凛冽的风制造出的幻象，在四周不计后果地摊开。我意识到，一种迥异的感觉如同飞驰而来的沙尘，开始出现了……

再后来，我就一直使用摩托。觉得以车型横向比较的话，奥拓、夏利就相当于在自行车上绑上一个汽油机，至多是 50 型的老年助力车，驾驶着这样的小毛驴，就自以为进入了布尔乔亚的领域，是老百姓的集体错觉。当我在成都经常看到越来越多的狗男女挤在小车内大肆车震时，总觉得有些好笑。他们不过是利用了小车狭小的空间来缩短彼此的距离，但高高挺立的排挡杆却像一个卫道士的身躯一样，阻挡着正副驾驶员的身体熨帖地燃烧。

其实，手扶拖拉机无遮蔽的驾驶室，更适合他们促膝谈心。

这样看来，空间与亲密的距离关系就水落石出了——空间的狭小与亲密的程度成反比。小车、拖拉机驾驶室、摩托车后座到小姐们的办公室，这一放大的物理流程不是昭然若揭吗？反过来想，我不过是试图调整五十步笑百步的距离，车辆作为身份和情欲的载体，正在被日益庞大的有车族滥用。在这个时候，连想一想詹姆斯·邦德和 Z8 型的豪华轿车的勇气都没有了……

应该交代一句，那位小姐成了我的小妹儿，她经常坐我的免费摩的。直到我买汽车以后，摩托车和这些后座上的故事以及花露水，就被我搁置在世纪初的一个上午。车流滚滚，人海茫茫，我再也看不到她了。

一只豹子如何与树较量

黄昏时分，渴望在成都街头找到一辆无人出租车，难度不亚于在九眼桥碰上一个靓女非礼你。我只好打了一辆摩的，在巷道里东摇西晃地乱窜，终于把我送到了目的地。我对摩托车的熟悉程度，估计比这位哥资深得多。

多年之前，我一直骑摩托车在体制的巷道里穿行。巷道多半是曲曲折折的，也就是说，已经置身体制外二十几年的我，为了生计必须在制式内外交错迂回才能前行。借助主流的力量，立足市场的需求，我不断策划一些暧昧的文化、经济活动，出版一些畅销书籍或依靠制度发行的小册子，以赚回几根鸡肋。我结交了很多在职场内谋事的哥们儿，友情使我们坐在一张酒桌上醉得天昏地暗，讲着荤龙门阵，然后跌跌撞撞回家睡素瞌睡。在这座日益贫困化的城市里，我变得越来越徒有虚名。其实，作为自由写作者，我很像收购空酒瓶子的小生意人，谁的瓶子都收，而不会去注意这些瓶子的来龙去脉，它们装过什么品质的液体或春药，被谁的芳唇亲吻过，或者印有谁不凡的指纹。

我甚至就是这些空玻璃瓶子，冷澈地让液体进进出出，而不会像侯德健那首伤感的老歌所唱的那样，干号着酒干倘卖无！收瓶子都收出了感情，甚至还会去感恩，这不是傻×嘛！

因缘际会，我结识了很多民间诗人，顾名思义，就是制式管辖之外的诗人。鉴于有太多的体制内文人排队等候待遇的到来，一再运用犬儒写作证明了与暴得大名的因果联系，民间诗人身在江湖，就必须开辟另类道路。这种先天处境的弱势，导致了民间写作在艺术审美上变本加厉地锋锐与强硬，以某种近乎困兽犹斗的坚强，来强调自己美学意义的存在。很显然，这种在异端中呈现异美的方式，近于刀口上的行走，犹如脱力的飞翔，是一种下陷中的上升，除了赢得一小部分人的喝彩之外，他们决绝的姿态甚至进一步加剧了与既得利益集团之间的差距，以自我确立的策略来厘定审美历险或者生活历险的路数！因而，当体制内写作与体制外写作构成了一个对峙的话题时，松懈的弱智涂鸦者必然会受到额外的照顾——这就是母性的伟大之处。而先锋们已经飘然远去了……

应该知道，这样的分野并不仅仅是纯艺术观点上的。尽管有那么几个狂野的先锋被成功地改造成了蝙蝠，不断获奖，不断出版一些暧昧的诗文，获取物质回报，受到多种目光的青睐和效仿，但这改变不了他们自身的宿命。王连举、蒲志高等人的结局就是如此。当一个人清楚地意识到自己必须坚持自己的不同，坚持在墨水瓶里咆哮之时，这种分歧甚至就如烙铁一般在肌肤打下无从抹杀的痕迹，就必然会波及其世俗的生活。

多年以来的经历告诉我，一个三四十岁的男人不但应该而且必须结婚育子，不然就逻辑地证明了你有某种疾患缠身，是微软牌，难以同妇人坦然相见。我断断续续地历经了几个女人，积累的纸钱就化作身后不断施放的五彩纸花，与其中一个交往几个月，奋力弹琴，指甲浪费了不少，见没戏，就刹车了。接着又会来一个后来者，直到友好分手。这种前赴后继的恶性循环和每况愈下，每每靠来自思考的幻觉和阅读的移情来弥补寡淡的心情。直到有一天，一个以研究美学为志愿的女人跟我表明心迹并做了一个鬼脸的时候，我才意识到了问题的严重性。这丝毫不亚于我把免费的泰国芭提雅旅行，也视为了一桩苦差事。

那时，我刚好又积累了一笔钱，准备安家了。

这个女人是一个好人，就是那种体健貌端无不良嗜好的人，工资平稳，睡眠正常，喜欢主动与领导搞好干群关系。平心而论，她和我对婚姻的要求都不高，她已经具备以上诸多优点，如果头脑与长相大体一致，我看就差不多了。可是，她是一个肯动脑子的人，还敢于把结论报道出来。当然，她也没有低级到企图用体制内职务来囊括一切的程度，她还有另外的标准。我们交往一年多了，每每说起钱和感情，大家都变得忽冷忽热。

那天下午，她同我走在喧闹的大街上，毫无目的，东游西逛。当一个艳丽的小姐亲密地吊着一只苍老而强硬的胳膊从我们身边穿过时，大概我们都被小姐身上浓郁的香水味熏得来了灵感。我说，这两个人关系不正常，因为亲密得像新婚前三天。职场妇女复杂地笑了笑："他们是夫妻，因为我认识那个老头，是一个科长，再加上很有钱……"

"科长也有地位？又有钱，好像占全了。我有个女同学，找老公那阵，听见股长就激动，听见是科长就倾心，听见是局长，套着一串死疙瘩的裤带都自动松开了几个……"这是我的调侃。

"科长又有什么不好?!"职场妇人眼睛唰唰唰地扫视我，嘴角撇了几下，她白皙的面庞为此而深刻地扭曲了，就很不雅观，做出了一个藐视的鬼脸，好像全力重复着她至少几十年前当处女时的乖张："现在的婚姻就是这样的，要么有地位，要么有钱……"

这是个格式化的标准，并不新鲜。作为人们可以捉摸的尺寸，这很像妇人对一根木头深情款款并且奋力施肥，发家致富、提高地位的梦想可望如菌子木耳一样茁壮成长，的确是无可厚非的。

只是，对已经离开单位二十几年的我来讲，听到箴言如此近距离地轰击耳鼓，总觉得很有些隔膜了。她的表情，从形体语言来看，又一次使我看见风尘中的脸谱。

职场还是可以造型的。比如体制脸、制服、语调、文体、体态等等。著名美国记者弗克斯·巴特菲尔德以他在中国采访的体验总结说："单位是中国社会的高楼大厦的砖瓦，几乎是中国人仅次于国籍的身份证。"（见张之安等译《苦海沉浮》，四川文艺出版社，1989 年版）而在某种程度上，制度的威仪之光总能在一个当事者的体态里体现出来。体制无疑具有组合一张脸的功能，它可以把美丽或者丑陋的轮廓集合起来，重新赋予其体制的生理规律和精神节奏。

民间的人实际上更多的是算计钱财的进与出，因为谁也腐败不起。对婚嫁之类的事，好像要简单些，要随意些，是在于标准只有一个。但当一个人把自己的收入理解为物质收入和精神收入时，他对感情的要求就好像不止这些了。而一个靠信念生活的人，就与堂吉诃德相去不远了，他在灵魂的漫游中，由于长时间沉湎于对绝色姿容的赞美，力比多积累太炽，在他从形而上的领域返回尘世生活时，就很容易把一个作河东狮子吼的黄脸婆，视为圣女的克隆，进而答应她一切低俗和猖狂的要求，毁坏心中的城池。当堂吉诃德遍寻贵妇不获、只得发誓要为肥胖的村姑杜尔西内娅效忠时，他已经晚节不保了……

想着这些愉快的事情，我已经很长时间没有搭理身边的这个女人了，才猛然发现她已不知去向。

我心怀歉然，继续漫无目的地闲逛。

如果说职场内的婚姻顽强地使用着两个标准，而迅疾变化的生活又为人们提供了过于广阔的驰骋空间，那么就是一个悖论的命名。当山姆大叔以世界警察的姿态规范世界格局的时候，弱势的国家不也反复强调标准的不同嘛。而一只飞翔的鹰，在空中刀锋般盘旋，切割云朵，它简直就是天空的大师！但有人说了，鹰没有鸽子肉好吃；一头纵横于原野的豹子，它以剽悍的凛冽之气逼近万物、展示酣畅的动感时，有人又说了，豹子的身材没有树子高嘛！说的人并没有错，但鹰注定属于天空，而豹子的宿命就在于奔驰！鹰与豹子矗立于与蝇营狗苟的议论毫不相关的域界。

我突然怀念起以那个女人为代表的职场女人，想起了她对我的坦然和严肃，想起她对我的希望，就像撒在我身上的种子，没有发芽，却发生着合理地蜕变。一度时期，我与她都希望努力地靠近对方，到头来才发现，我们从来就没有靠近过，哪怕就是一步！如同我在旅途上买了一些食物，我不可能因为觉得食物可口就把小贩连同车站一起带走。可以给这类人谈钱的交易，但拒绝给这类人谈论感情，可她们往往把两者视为一回事！这的确是我面临的课题，其实我一直没有能力解决，估计以后也毫无指望。钱钟书的《围城》在我读起来，就还多了一层"招安"的意味。

记得有一个傍晚，我的手从职场女人的长发里最后一次穿过，擦掉她眼角的液体。那时，我几乎就快成为效忠村姑杜尔西内娅的堂吉诃德了！而当我骑上摩托车在郊区公路飞驰的时候，猛烈的冷风抽打我的脸颊，从摇曳的树林间，我看见明澈的天空和灰蒙蒙的原野，在身后不计后果地摊开……

是的，我想念那头奔驰的豹子！

这是我平生第一次怀念豹子。时在1999年。

储满光的血槽

> 沉睡在血槽底部的亮
>
> 将开出红锈的花
>
> 那些已经叫不出声音的痛
>
> 开始在血槽里开掘缝隙
>
> 它们要返回到初春的枝头
>
> ——摘自旧作片段

男人的本质包含了充沛的野性成分,所以男人爱刀。男人爱刀是对自己野性的保护和珍藏——这就是时尚男人们喜欢购买刀剑的原因。在少不更事的年代,我收藏和制作了一些刀和火药枪,多是用以炫耀,少数用来搏杀。其中有把黑刀,是我从废品站买回来的,不知道造于什么年代,也不知道是用什么铁锻造的。后来这些刀和枪被我父亲全部扔进河里,我知道那个地点,就潜到河底,却只找回这把黑刀。

一晃过去了 20 年,这把带手柄的刀一直放在书柜里,浑身乌黑,拒绝光亮，如同它的身世。夫人某次擦拭书柜灰尘，顺手就把它扔到阳台上，花钵正缺一个松土的工具。我看到了，也没说什么，让土擦去刀上时光的锈迹也好。

但是某一天傍晚，我却一定要把刀收回来。我不希望刀改行作为农具而存在。它的确没什么用，但一些物品并不是为了有用才得以存在的，刀应该待在它习惯了的地方。

看着手上的黑刀，我暗自惊心不已，经过土壤的磨拭，刀恢复了它本质的色泽，刀身单刃，光从锋刃淌过，留下一根白线似的亮，如同在神秘的水面划出的鱼翅，把水的反面呈现出来，显得渺远而幽深。刀的其他部分为纯黑色，我知道，这才是刀的真实意义。

而最平淡的部位是血槽。流传甚远的谬误是：血槽是用来放血的。其实，血槽是用刨刀刨出来的，其作用并不是为了放血畅通，而是平衡刀的重心。通常实战刀大多开血槽，以求重心平稳及加强挥刀的速度。如果血槽是铣出来的而不是在刀坯成型时锻造出来的，就可以断定那是赝品。我看见黑刀的两面都有血槽，比刀身更黑，就像一块黑缎子上的褶皱，更像平滑的时间以起伏的形式获得的某种造型。如果我的视线略微降低，血槽的深谷就是一个深渊，仿佛夜色不是外在的，而是来自深渊的物象。

我突然意识到，黑夜和黑暗是两个不能混淆的概念。从刀身上展示的黑，是有硬度的，它凝重而用力收敛的形态，就像是一个不合时宜的思想，既没有刀鞘包裹，也没有上油涂蜡，更没有高悬于墙壁，成为叶公好龙的象征物，这把休息了 20 年的黑刀，像黑色硫酸那样休息着，它从来没有成就我的梦境，却一直陪伴在我的正常睡眠和生活中。在这里，黑暗的反词不是光，而是黑暗。绝对的黑暗才是击破黑夜的利器。

黑色的刀拒绝着手掌的体温，它冷，自始至终，从锋尖到把手，通透而决绝，笔直、平滑地朝着窗户外的夜色。刀注定是要动起来的，刀其实是一个彻底的动词。如同感应，拿着刀的手就禁不住挥舞起来，奇怪的是，无论我用多大的力量，这把 21 厘米长的黑刀总是无声无息的，就像一条蛇，让人把持不定。黑刀无法跟那些炫目的镀铬武术刀剑相比，因为它们总是风声大作，并且可以袅娜，如同女人的长裙以丰满的弧度划过我们的脚背。在我对着空气不断出刀的时候，我看见刀身突然雪亮了起来……

刀在黑夜里的确发亮了，就像一块拒绝融化的硬冰。用彻底的冷把热风打开！那些浮荡在空气里的刃口是一段一段刀锋的道路，短促、激烈、决不迂回。比钢丝更细，细到令行走者切断了行走。我看见刀身的黑暗把黑夜剁成碎屑，那是夜晚创口的液体在使刀身发亮吗？

我累了，只好停顿下来，刀仍然是黑的，它被夜色勾勒出的轮廓却是那么准确而明晰。在刀锋之上，那一线亮色与其说是刀固有的，不如说是被夜色磨砺出来的，它含蓄，甚至有些卑谦，当整个动作瘦成一条线的时候，那些来自刀身中关于锋锐的梦想，与痛，与流血，与完整的锲入身体，在刃口上，与我仅一线之隔。

我记得诗人周伦佑写过不少有关刀锋的诗作，著名的《刀锋二十首》就是其中的杰作，比如《在刀锋上完成的句法转换》：

> …………
>
> 让刀更深一些。从看他人流血
> 到自己流血，体验转换的过程
> 施暴的手并不比受难的手轻松
> 在尖锐的意念中打开你的皮肤
> 看刀锋契入，一点红色从肉里渗出
> 激发众多的感想

这是你的第一滴血
遵循句法转换的原则
不再有观众。用主观的肉体
与钢铁对抗，或被钢铁推倒
一片天空压过头顶
广大的伤痛消失
世界在你之后继续冷得干净

刀锋在滴血。从左手到右手
你体会牺牲时尝试了屠杀
臆想的死使你的两眼充满杀机

诗人毕竟是诗人，他只能通过"臆想"来完成对杀戮和反抗暴力的对比。但是注定要你赤脚从锋刃通过的意识形态，却无须臆想，因为它就一直在你身旁窥视着你。一切杀机都被黑色的刀收回了，世界静如止水，黑缎子荡漾，锋刃像鸟一般斜切和反插，让硬度成为动词自由的核心。

在刃口上舞蹈的诗人，实际上是想从事一场预谋了很久的较量，他累积的硬度和锋利已使他不惮于寻常之刃了，两刃相逢硬者胜，他硬，那些丰满的火花落地生根，照亮了他的笔迹，成了周伦佑诗歌的骨头。可是，他还想剖开自己，把藏匿在骨殖中的芒刺全部发射出来。

但是，既然刀已递出，刀就自由了，那就无须硬硬地收回。何况，授人以柄的事情绝对不能发生在刀身上。

我注视手里的黑刀，注视饥饿的血槽。我根本不相信那些吹毛立断的神话，一味追求锋利是肤浅的道行。反过来说，"钝刀割肉"固然是一大境界，但无声而毫无知觉的一击，却一直是刀作为动词的理想展示。在刀已经成功隐退的时候，痛才追上来。

刀要像影子那样倒飞！

我用拇指刮着刀锋，就像抚摸往事中女人臀部上的嫩白肌肤。刀锋立即撕破了皮肉，这实际上是我的下意识动作。血出来了，很少，流得很慢，血槽就像干枯的稻田，很快，什么也没有了。这个儿童似的做法是幼稚的，但既然已经做了，就像一个念头说出口，在刀锋面前，我不愿意熄灭自己的念头。

夜色在刀身上闪亮，夜色就是磨刀石，它没有使刀本身进一步敞亮，亮的是夜晚的粉末。我把刀递到鼻子下，闻到一股腥味，就像是干枯的花散发出来的，濒死而安静，容易联想到远古的复仇，甚至联想到清代礼部尚书叶方蔼"漫防酒醉先防醒，不怕花残却怕开"的怪诞……

黑刀仍然回到了它习惯的地方，刀身的黑，使上千册五彩缤纷的书籍进一步拥挤，噤若寒蝉，有下坠的态势。刀像一个黑客，当灯光偶尔从它身上滑过的时候，它就匍匐到更深的黑暗里，如同死，熟透了。

下辑：寂寞的造影

在正体字与方程式的迷宫中

这是一篇理应写出而拖了十几年才完成的文章。我所描写的这一断代史涉及的人与事已尘埃落定。但经常有风吹过，总会把那些蛰伏的碎屑飞扬在空，偶然吸入肺叶，我就咳嗽不止。我想把它们固定在纸上，至少纸张的分解速度比我的生命要绵长。但在一次搬家过程中这些文稿被家人烧掉了，望望空中蝙蝠一般的纸骸，我还是决定重写一遍。不然它们就没有落脚之处。

一把安静的斧头

20世纪90年代初，我几次收到北京的笔会邀请通知，找单位头头通融，希望他网开一面。这个出生于天津卫的头头斜睨着我，说话是字字珠玑:这是不务正业嘛。你要安心本职工作啊……1992年春节前夕，我决定告别这个小知识人已拥挤不堪的科研单位，自觉自谋出路。想着自己的"关系"随即将转到街道居委会了，在满城爆竹声中，我回望了一眼这幢曾是当地最高层的办公大楼，变形的脊椎就疼痛起来。

我到成都在作家王锐主持的文化机构中谋到了饭碗，在磕磕碰碰中学习编辑、鼓吹老板与经营获利。纸上谋生活的日子捉襟见肘。这年冬天，收到一封寄自家乡的长信。8大页纸，密密麻麻写满了信纸的天头和地脚，大概是我有生以来收到的最长篇幅的私人信件了。这是高中语文老师罗成基先生浅蓝色的钢笔字。也许纸质和墨水不佳，墨迹在不少繁体字纠结虬起的笔画中漫漶成一团。繁体字的印刷品我看得本不多，繁体字的手迹于我则显得簇新而新鲜，总觉得不像，觉得不对，我在从事古文翻译和猜测中明白了老先生的意思:他深情回顾了作为语文老师的他从我中学时代的作文里看出了灵感之火。如今，他怕赚钱之欲熄灭了灵感飞扬的可能性;他从我长期打架斗殴、穷练武功中看到了少年周处成为蒋处的可能性。浪子回头金不换。但浪子回头还有没有岸呢? 他没说。他指出:作文先做人。修辞立其诚。一个人不从小处认真，必将大而无当……这一席教诲，让我热汗冷汗泠泠而下。我立即复了信，以谢老师跨时期的关注之情。

罗成基先生系旧中国中央政治大学的高才生，中过当时全国高等文官考试的"状元"，二十三岁当过国民政府最年轻的县长……"镇压反革命"时期身陷囹圄。有人说他判了死刑没有执行，有人说他陪过杀场死里逃生，有人说是死刑改死缓，有人说是无期改有期，有人说他老奸巨猾"滑"过去了。自贡市第十六中学有一个吃了老虎胆的书记兼校长李明高，把这个当时的"待业老年"请出来，以校办厂临时工的名义，做了月薪四十元的文史代课教师。据说有人四处告状，说李校长"立场不稳，重用反革命"，把国民党的"伪县长"也请来当

"人民教师"。他已不止一次给全市教师上示范课，可是连参加市级语文教研会的资格都不被承认……

1978 年之后，这一切逐渐就"反正"过来。罗先生说，峰回路转的情形有点像"坐自己拉过的架架车"。

1986 年夏天，已是自贡市政协常委、市民革顾问、祖国统一工作组组长的罗先生，应什邡县的盛邀旧地重游。这是他第三次，也是最后一次回到什邡。第一次是县太爷，第二次是阶下囚，第三次是座上客。红地毯从汽车门前铺到了客厅……问旧、访新、逛街、觅巷……往日破旧狭窄的街道已经被新楼广厦所代替，当年主持新建的图书馆已迁建新址，而旧址上新建了一个游人如织的游春坞。

这些情况，他只向我片段讲到过。很多细节我是从作家张云初的纪实长篇《乱世县长罗成基》里得知的。记得我曾经问过罗先生，他笑笑说，"当事实比传奇还要传奇的时候，你就不要再渲染，再说就破了，乱冒气。"

不久，他复了我一封 6 页的信，仍是密植天头与地脚。那时，我已开始了箴言录《词锋片断》的思考和写作，可罗先生执拗而坚硬的笔触把我从对罗兰·巴特零度写作的深度迷狂中拽回到混沌的古代。他信手从二十四史中拈出一串掌故对我继续进行教诲，文词古奥，却又词锋霍霍，说我写信格式不对，应该如何如何书写称呼，你好，正文，祝词，落款。我一直以为文人作家写点笔误或者错别字都是逸兴之为，可罗老严肃指出：我信中什么字错了。这回他没有说对，因为他认为繁体字才是对的。见我没有回信，罗老找人捎来口信：说准备来成都面谈。岂敢啦！我就是"罗门映雪"，也不敢动您老大驾！

直到有一天黄昏，他干燥而气喘的喊声回响在我位于成都东门街 7 楼办公室的走廊，我正独自洗菜煮稀饭。一激动，菜刀切伤了手指。见我蓬头垢面的样子，他说，平时可以吃点儿鱼肝油和维他命

ABCDEFG。

我有十年没有近距离地观察过他了。73岁的先生仍是腰身挺直，一米八几，长手长腿，全无衰翁迟钝的体态。他戴一顶毛茸茸的遮耳人造翻皮帽子，就是守卫北疆的解放军叔叔戴的那种，围巾一片在前胸及腰下，一片在后背，再配上一件对襟棉袄，在繁华的省城显得有些夸张，这完全就是一副20世纪30年代书生的装束。

我下楼去切了半斤牛肉和一只猪耳朵，与先生对饮鸟淡的成都烧酒。他几乎没有吃东西，开始不停地说话。这叫以话佐酒。一个长句在起承转合中随一道一道呼出的白色气流上下飞舞。言词激烈起来，舌头的转速跟不上滔滔雄辩，几个口沫的标点符号飞射而至命中鼻梁。我不去擦它。那时我想，古文中好像是没有这个东西啊。当然，后现代主义的一些文本好像也不需要这个东西。

先生没有丝毫的倦意，陌生而混乱的环境反让他谈锋更健，注视着我办公桌上的一大叠民间诗刊诗报，他说，身为诗人，你必须要懂梵乐西的《海滨墓园》和亚尔培·爱斯坦。我意识到，应该将其"白话"为瓦雷里与阿尔伯特·爱因斯坦才能理解他的话语。他说："爱氏怡然奏响梵阿铃。"他开始描述爱氏是如何站在巨匠肩膀上成为巨灵的壮丽图画：高斯、牛顿、狄拉克、莱布尼兹、康德以及当代的史蒂芬·霍金……他转变了话题：奥伏赫变的变革过程，"这种过程在意德沃罗基的战野上也是一样。因为意德沃罗基是现实的社会底反映。"我想，先生还渴望在四维或更高维时空从事精神漫游。他目光如电，瘦削的面颊变得亲切而微红。他的目光穿越我的头顶，在漆黑的窗外长时间滞留。

如果说灵魂有质量的话，那么，那些重金属般的穿插迂回，是竭力让自己"兵解"为灵念的芥末，去吸附超越时空的知识和力量，让自己的元素超重，让自己的血液保持高品位的纯度。他仍然痴望着窗外，他看到了让他心醉神迷，存留于胸的幸福与解脱吗？那只从庄周梦里翩然飞起的蝴蝶，莫不是已经栖息于窗棂？但夜色的语境，似乎与庄子的蝴蝶有背离的张力。我联想起里尔克的名句："或者你正好走过敞开的窗口，一具提琴向你委身。"

从那时起，我产生了一个未向外人言的想法：觉得先生就是我身边的浮士德，更准确点儿讲是堂吉诃德。

这夜，他睡在办公室廉价的沙发上。成都多风，我估计有点儿凉，但看上去先生睡得很平稳，他连身也没有翻动，像一把安静的斧头。半夜我起身，看到他睁眼，阅读天花板上的蚊子……

回忆，就像依靠空气在复原一个苹果。当空气里渐渐滑出一缕果实的芳香，我在苹果上再次回忆，就像还要打出一条虫洞。稍有不慎，我就出不来了。

高中时代的我好斗成性，跟着几个师傅习武。我已经可以徒手对付三五个成年人。一次在电影院门前，一个邻居被人打得鲜血满面。对手约 20 岁，扬扬得意，五官喷火。我站出来，一伸一带，趁对方身形不稳，一个高鞭腿击中他的脑壳。动手就爱用高鞭腿的人，足见我有多么心浮气躁。但此人不堪一击，倒地不起，吐出几颗牙齿。当晚知道这是一个江湖上的人物。对方很快来寻仇，他不知道我的名字，只知道我大致的住处。有上百号人手持钢管、火药枪、长刀、棍棒塞住了弄堂，他们眼睛喷火，辨认每一个过客。

那是一个特别漫长的黄昏，天总是塌不下来。我从窗户看到了沸腾的街面，考虑是否应该出门。这时，先生来家访了。

他显然没有把门前的一切放在心上，也许在他眼里这就是社会常态。他谈论的是我一篇作文的好与坏。我根本听不清楚他说什么，耳朵里回荡着钢管开裂、火药枪出膛的声音。二十分钟后，他起身，还要去下一家。我只得硬起头皮送他出门。他不停地说，我只好亦步亦趋跟着。

所有的行人远远绕道而过。好事者围在更远的地方观察一出打戏的下文。淡淡的黑暗东一块西一块在人群中麇集，正在淹没他们的脚，他们的喇叭裤。黑暗在他们腰部融化。那百十号人在齐腰深的黑暗里说说闹闹。烟头的火光一闪，照亮了挪位的五官。划拳。五魁手呀，七个巧呀，八壶寿呀。有力气找不到地方。有两个人对着斜下来的天空做猥亵动作，耸动软小二，恨不得把水泥墙钻个洞。路灯突然大亮，人群被突然的光压下去了，剩下那百十张白蜡蜡的脸。先生不停说话，我跟在他半个身位之后，他大步往前走，在方阵里逆行。他的围巾后摆被风带起，围巾的丝绦扫过我的眼睛，我觉得痒，觉得有东西滑进我的眼睛。我闻到他身上散发出的烟味儿。他微侧转头，说，你作文里有些细节还需要打磨，可以更细致。就像斧头劈开树桩，木纹里嵌入了刃口的红锈……注意，铁锈总是赭红色的。记得小说里有不少描写，一刀下去就看见骨头白森森的，这怎么可能？见刀的骨头比火还红……

我说好好好，我会改正的。我不知是在应付他，还是在应付这慢下来的时间。

他转过身，恰好踩住我的身影。眉头紧锁，大声说你听到没有，你？你还披着军大衣，怎么像一个松垮垮的连长?！

我穿好衣服，大声说听到了。灯光下，先生的身形像一把竖起来的利斧。但没有手柄。

我们走出了弄堂。我忍不住回头看。看见人群里这一条被犁出来的通道，有点弯曲，最后是喇叭形的缺口。那百十号人用白脸朝向我们，棍棒杵地面，咚咚咚。先生没有再说什么，他没有回头。一挥手，西天最后一缕夕光从他高举的掌沿滑落，走了。

我有掰骨头的习惯，可以让全身关节逐一爆响。这时，我空荡荡，开始挺身，鼻梁咔咔，颌骨喀喀喀。颈椎、胸骨、胸椎、腰椎、胯骨、膝盖、踝骨，肩关节、肘关节、腕关节、手指的三个关节。浑身响完，我往回走。我吸气，吸得不能再吸，猛力呼出，记得那阵我的肺活量达到过 5000 毫升。我把脚尖的冷汗和麻木也顺着气流吐出来。

我回到那条犁出来的通道，地面踏实，喇叭口依然向黑暗敞开。那百十张脸被路灯拉歪，有一半陷入了黑社会，有两张脸飘过来，几乎与我来了个亲密的脸贴脸。我顺流而下。我再快三步就可以走出方阵。但是，我努力还是一步一步走，甚至有点减速。当然，我不再回头。

这件事情，就这么无疾而终。对方是否认出我已经不重要了。这让我从此明白，很多事情，到了不可收拾的程度，却总有意外的插入使其转化。要使一切恶力失去耐心，我就用最寻常的方式去面对，无法退缩。先生再没有问过这事，我也没有向他提起。从此以后，我不再轻易与人动手了。我想起塔德·休斯《马群》的句子："在熙熙攘攘的闹市声中，在岁月流逝、人面相映中，愿我还能重温这段记忆：在如此僻静的地方在溪水和赤云之间听麻鹬叫唤，听地平线忍受着。"这是有关马群和力量凝聚时代的绝唱。而马群不但可以在语词的排列中裂变为害群之马，还可以成为拧着鸡巴游逛世界的驴子。我不想成为驴子，我必须出走。

唯美一代的消逝只在回头时才是辽阔的

第二天一早，醒来时发现先生在走廊里来回高速散步。他动作奇特，双手插进裤兜，好像裤子没系腰带，一步出去就是一米。我们一起乘火车回到自贡。他的目光不断被飞驰的窗景分割，眼睛倏地亮了。

他回忆在成都东胜街沙利文饭店结婚时的场景。婚礼举行一半，空袭警报响了。出门看见日本飞机，他拉扯着新娘子往东郊大慈寺附近的田野跑，婚纱沾满了泥土，漂亮的蕾丝花边也扯烂了。新娘子烫过的头发挂满了稻草，惊慌依然掩盖不住一脸的幸福。他们卧在菜地里对视，那是一段难以消泯的记忆。

在车轮的伴奏下，我几乎是在朗诵：

被听到的是：流水形成在上面的拱顶。
流水顺从了枯木，留下深凿的痕迹。
逆行的阴影，以及逆行的、阴影遮住的
两眼回睇，
我看见唯美一代的消逝只在回头时才是辽阔的。

先生问：这是谁写的？我没有告诉他这是欧阳江河的《秋天：听已故女大提琴家 DU PRE 演奏》片段。只说是一个当代诗人的佳作。

他突然说："你要努力成为宗布。宗布可怖，齿口瞠目，飞鬓猬髭，狰狞魁梧。"我不知道先生的所指。回家查书才明白，后羿死后化身为宗布。我承认做不了宗布，我至多可望成为写作里的梼杌。

在这之后，我才较为系统地阅读先生的系列文章，师生的交流在离开学校十几年之后，开始增多。所谓多，是相对而言，一年也不过五六个回合而已。但每一次交谈，我就越来越固执地认为，这个致力于历险的老人，在生命被浪费了20年以后，处在社会的最底部，仍然在不计得失地燃烧自己。他从古文化的永恒之河中溯源并畅游而下，一些遍寻不获的追问，迫使他走向另一极端，在极端抽象的数理逻辑、空间物理甚至狄拉克海洋时里去寻求"打通"的奇点。我不知道我对"中道"（理解为原始意义的中庸也可）的理解是否适合于先生，那就是：必须有能力去实现一个极端到另一个极端的跋涉，才可能获得一种冰炭相遇所构成的消融，直至恬然。这是上升与下陷、飞翔与坠落、盛开与凋谢的峰回路转。

1995年中秋节前三天，高我两个级的十几个学生准备为先生的75岁生日举办一次聚会。那时，我离异后在家闭门写作。收到邀请，我还是去了。在一个乡村俱乐部里，五音不全的卡拉OK成了唯一的发声器，这是20世纪90年代的聚会风景。先生满面春风，像一部手摇电话机。同学小芸在唱《三套车》。我刚刚处在歌厅的过道上，过道黑暗而幽深，而且径空很高，宛如一条深深的峡谷。那些磁性的声音拥挤在峡谷里，向上汹涌，转瞬凝聚成雪片，嗖嗖地朝我头顶盖下来。这是冰雪喷珠溅玉的沐浴。一种惊悸、纤细而锐利的想法，很快置换了我的想象力。我在冷意中行走，逆风而行的后果是大量的声音回旋在身后，以一种冷冷的黏性紧紧贴住我的背心。这种突发的怪异感，让我无法招架。唯一的念头是，《三套车》怎么变了？

我看见这个沐浴在雪花下的女人。身材高挑，腰肢摇摆，手持麦克风拉着电线踱步，电线缠住腰肢，姿势有点像神秘的鸨鸟。她长有一张不大相称的娃娃脸。她大方请我跳舞，跳那种不动的舞，我们称为"站舞"。上半部周吴郑王，下半部旁逸斜出。这就是四川人在八九十年代的距离。四目相对，两脸相向，我可以清晰看见她眸子里的火。对方呼出的二氧化碳就是你的氧气。也可以说，你就是对方的绿色植物。没有吹气如兰的古典意象，我闻到浓烈的香水味。这也是90年代从广场移至室内舞厅的身体意识形态。

在有些熟悉的事物中，其实一直就潜伏或被遮蔽的动机，当它们酝酿到足以改变其总体性质时，生成着的现状总让人大吃一惊。比如，穷人的漂亮妻子尽管也苦大仇深，也很难避免被势利阶级的糖衣炮弹多次命中，使她逐渐学会了对钱财的深深依恋与同床异梦的技巧。于是，温故而知新每日三省吾身之类，就成为一门做不完的作业。我告诉小芸，翻译为中文的《三套车》是不全的，翻译者"颇具匠心"地删去了原词的四、五两段，而第三段歌词属译者的创作加工。早有几位翻译家就指出，把歌词里的"姑娘"置换成了"老马"是无法让人忍受的常识性错误，是一例类似于将"银河"译成"牛奶路"的失误。最早的翻译者薛范先生可能太着眼于民风的教化意义了，他是想让国人在没有人口买卖、感情掠夺的干净语境里，领略俄罗斯美丽的忧伤。于是他故意用"低级的错误"换来道德的纯净。正如学者蓝英年指出："悲怆的诗句被歪曲，只剩下悲怆的旋律，怎能不令人遗憾。"唯一可以告慰的是，那无法被消解的苦难仍然从旋律中滚滚吹来……

这首由小调式构成的变化分节歌，在我们后来的岁月里，谁能预料还会生出什么样的光泽呢！走出昏暗的歌厅，我看见先生独自在凉亭喝茶，像县长那样直身而坐，面带微笑，雄视古今。我们一起合影。这是我和先生的唯一一次合影，照相的人说照片给我寄来，十几年了都没有拿到。

几天之后，小芸邀请我参加她单位的聚会。一个单身女人带一个可疑的男同学去参加单位聚会，她的同事们显然是把我当自己人了。大醉一顿以后，她操起麦克风"在唱着忧郁的歌"。我仅仅是在听，但也有些紧张。老怕她过于优秀或者拙劣的嗓音破坏我固有的情愫。在音乐轰然响起那一瞬，我甚至就像被捆绑在驿车上的囚犯，手足麻木，被她的声音押赴向一个苍茫的、一无所知的领域。

一天下午，我正在编辑先生的书稿，他突然光临。眉头紧锁，开门见山："先不谈书的事。你不能同小芸交往，你们不适合。别的我就不说了。"

我告诉先生："我和她往来过几次。事情其实不过在一念之间，就像一张底牌，完全可以不摊牌。我同意你的判断。"

他说，那就好！双手深深插进裤兜，拧着裤子，起身就走。

过了几天，小芸来找我。说自己去征求先生对我的意见，先生恍然，大惊。拉了一个说客向小芸讲述了我作为恶兽梼杌的诡谲历史……我越听越觉得好奇。

小芸承认，先生喜欢她，"是一种不一般的喜欢"，给她写过几十封信。漫歌式的信，马拉松的坚韧，有几十万言……

我绝对不能染指这不名誉的事。小芸消失了。多年后在成都我看见她坐在三轮车上穿过天府广场，脸如垩粉，像地面的斑马线一样湮没在灰蒙蒙的车流中。她送过我一张 25 岁时的照片。1996 年我给当时的女友小陆看，她是杭州人，认为小芸不像四川人，面含明清之际扬州的古意。小陆来四川时，和我去过先生家，先生热情接待我们。记得他好像也去小摊切了半斤牛肉和一只猪耳朵，不同的，是喝的地道五粮液。而更不同的是，后来小陆也从我的生活消失了。她离不开西湖，她隔着千山万水和鸟音翩然的方言，同小芸成了电话朋友，就是话友。

我所看见的东西像我看见它们一样看见我

1997 年冬季，先生的著作《晚晴斋丛稿》快出厂了。一个深夜，他打来电话，问我能否明天把样书送到。第二天下午，我从成都赶到自贡钟云山先生家，送来封胶尚未彻底干透的 20 册样书。他极度消瘦，把书抱在胸前，长长出了一口气。我突然想起汉代画像石里的卞和造像。

书稿尽管是我编辑完成的，当晚我不想吃饭，也在看这本书。

当代学者何怀宏在其箴言录《随感》中说："我赞美达于两极的中道，并使这两极如大鹏之双翼。"灿烂的内爆火光已然照亮身处周遭的黑夜，在这一刹那的通透中，已经不可能去考察古汉语与西化句型的差异了，他甚至来不及去字斟句酌地营造语境。他必须说出的是，从高唐神女的云鬟到维纳斯出浴时流淌着黄金光芒的披发之间的共性与异性；从庄周的蝴蝶翩飞到夸克粒子如曼陀罗花突如其来地出现之间的色泽差异，他在极度纷乱的无序中寻找阶段性的有序；他在极度自由中寻找有律的自在。

如果举出两个有代表性的文本，一个是他耗去十余年工夫写就的古典文学评论稿《春归何处》，一个是他许为能够代表自己文风意骨的长篇人文随笔《在阿尔伯特·爱因斯坦画像面前》，这是一篇用辞赋体企图印证相对论等等发源的奇文。前文已收入《晚晴斋从稿·诗词及诗词论著》一书，后者收进《晚晴斋丛稿·文论随笔》。说句实话，单单阅读这两篇文章，我就感到惊奇：不可能让人置信的事同样合理地发生着，——描述的对象纯属风马牛不相及的领域，以跨学科或边缘学科也未能表达我的想法——就像是感觉之笔和理性之笔可以一心二用一样被驾驭，它的至善至美的企望，在灵犀之悟中花开花谢。一如无风而漾的潭水，在蓝天白云的照映下，通透而洗亮。

这一潭水也可供许多文人揽水自照。

至美的艺术不可能出现在感官愉悦状况下，她们多是经过作者大力过滤变形之后，在孤寂中照亮自己灰蒙蒙的面庞与睡意的形象。那也许就是但丁的星座在凝聚中出现的贝雅特丽奇——这一辩证意象。

我一直寻思的现象，是一个人身上闪现出来的异质，多可从他的语言中找到答案。先生文本的特殊性，在于他仍坚持"文以载道"的宗旨，仍希望语言闪现出自身的光芒。这可能是先生文本的任督二脉。他时而流畅、时而涩阻的叙述，也许他意识到"写作"全在意义时就已形成。通达的叙述文本，多是他自言"为了祖国统一而为之"的专发海外媒体的作品，笔涉文史哲，赢得了广泛声誉；而那些"涩阻"的文本，多是他用力甚大而影响远不及前者的作品。例如，《在阿尔伯特·爱因斯坦画像前》无论如何就不及在加拿大报刊发表的《对海三呼无羞乎》《百代无忘猛追湾》《中国人丑陋吗》等文的阅读效应。在形而上的领域从事精神漂流，当一个又一个的航标隐去之后，他面临自己为自己定位的苦恼与孤独。

　　而这些，这些文字，乃至灌注在文字里的情愫，都灰飞烟灭了。

　　这让我想起本雅明引用瓦雷里的话说："如果我说我在这儿看见了一个物体，这并不是说我和物体间没有区别了……在梦中则相反地没有了这种区别。我所看见的东西像我看见它们一样看见我。"

　　对此，先生向诗人王星等人以及我都谈到过。去年我在阅读林贤治《人间鲁迅》时，偶然产生了联系。鲁迅在厦门教书时，住在靠海的一幢楼里。他曾回忆起居住楼上的这段日子："我沉静下去了。寂静浓到如酒，令人微醺……我靠了石栏远眺，听得自己的心音。四周不定期仿佛在无量悲哀，苦恼，零落，死灰，都杂入这寂静中，使它变成药酒，加色，加味，加香……"令人微醉的酒不是任何人都可以把持得了的，何况加了药！这坛酒在近一个世纪的窖藏后，置于越发喧嚣的空间，蛰伏于酒中的德性，在血的勾兑下，那些金属的纯响，那些梅花的芳香，竟让天空显出如酒的醇意！

　　不要企图去喝上一杯，因为这酒只属于罗先生，是他全在的生命液汁！这样理解，不知先生以为然否？

　　透过酒杯，奔驰的往事与未来显形于天野！

　　有人说，汉语言是一种充满诗意的模糊语言，以致略知汉语言一二的美国诗人艾滋拉·庞德一见唐诗宋词就爱得发狂，提出并创立了意象派的诗歌美学原则。从深处着眼，是我们的思维方式所致。用这样的语言如何去面对日益精确化的世界？在人文领域已经饱受"语言缺席"的汉语，似可以推测"汉语人"在本不擅长的抽象思辨与逻辑实证领域的言说能力和地位了。不管怎样，罗先生的文本世界至少为我提供了一种言说方式。这让我想起早年诗人吉狄马加在成都对我讲过的一席话，他认为体现"思维极致"的三种方式是：诗歌、音乐、数学。用之于先生，让我们得以更为清楚地发现其用心与勇气！我想，导引人们走出迷宫的线团，既不在罗先生手中，也不在上帝那里。当若干年后，人们可以发现，带我们走出迷宫的线，也许就来自一个根本不知道线团意义的人之手。

比如，就像缠在小芸腰肢的那根电线？

从本质上讲，罗先生仍属于"位卑未敢忘忧国"的传统知识分子，他历经沧桑的八十年以特殊意味的"充实"证明了他信奉的"充实之为美"的人生。在这个深夜里，我在听俄语男声版的《三套车》。我被幽魂嘶哑的声音覆盖，然后悄悄用中文填补着沙哑中的停顿和缝隙。这含有极其混浊和暧昧的成分，但也可以触摸到一些明晰的概念，比如苍凉、比如忧伤、比如绝望等等。这样看来，仍没有与黄土高原上游弋的"西北风"式的民歌分开来。也就是说，歌曲的"话语方式"仍混淆在我固有的经验历程中。但一路听下去，一些陌生而崭新的东西开始从一望无际的雪地上层层展露。在这一解蔽的过程里，一些歧义与殊途同归的策略渐渐销匿于冰雪下，纯然不知的事物，如炙烫的肌肤突遇冰针的撞击，一连串的冷战遍植每一个毛孔。而来自伏尔加河莽莽雪原上的风，伸出亮闪闪的锋刃，轻易磨蚀修剪着歌声的飘浮，把桦木制成的车轮（或雪橇）置换成了钢铁。我听见钢铁切割大地的声音，将埋藏着的树根与草籽齐齐剁烂，飞速撞向倾听者的额头。那些顽强的哲学如同广阔的黑森林，屹立在无边的沉默与期待深处！

我想起张承志的话："我真的，深深地喜爱那种激烈的血性。换一个描写的豪情词汇，这是比生命更宝贵的自尊……我镂骨铭心地觉得，若是没有这样的自尊、血性和做人的本能的话——人不如畜，无美可言。我不知道人样是否接受如上的思想，我不知我样古老的中国，是否应该接受如上的思想。我只是感到，这是——自救的思想。"说穿了，也是无言的思想。他在孤立无援的言语里顾盼。言语断道处，人迹罕至处的攀援与无依姿态。对我而言，多次提及"兵解"的先生，你还是那把利斧！

我曾对先生讲过《戈尔迪斯之结》。公元前位于小亚细亚的一个古国（弗里基亚）的皇帝戈尔迪斯以巧妙的方法，在战车的轭上打了一串结。他预言："谁能打开这个结，就可以征服亚洲。"一直到公元前334年，还没有一个人能够成功地将权力之结打开。亚历山大入侵小亚细亚后，他偶然在一个神庙里发现了这部战车上的绳结，听神庙的祭司解释后，亚历山大伸出手，但没能解开。他拔剑砍断了绳结。就此他一举占领了比希腊大五十倍的波斯帝国。

先生举起手，他并指如刀："不要说这个。我老了。垮丝了。"

此文的前三分之一部分发表在1999年初的内刊《紫薇诗简》上。先生看到此文，对我说，"你小子的笔锋够狠！但我有你写的那么夸张吗？"我说那就是我的印象。他大笑，发射一连串标点符号，但没有命中目标。

1999年6月先生病逝前几天，我闻讯赶到大安区肿瘤医院看望。他被肠癌击倒，躺在床上，肠鸣如枭，手臂全是干骨头。

他一直是有预感的。他拿到自费出版的2000册书后，一手拎一坨，就这样一批一批卖出去。找学生，找朋友。老人不得不低头，微笑、谄笑、给很多人写信、当场赋诗一首、鼓励大有文学前途的个体户，然后自己再一家一家去收款。有的时候，还得给对方搞一次讲座才能把书卖出去。待一切办妥了，他起床就日渐困难了。

预感到行将不起，就自己收拾洗漱用具，没有告诉任何人，自己花2块钱打"摩的"去医院办理住院手续。80岁先生的口头禅是，我不用麻烦你们！这个下午，昏暗的阳光反照到病房，他脸如宣纸。看到我站在床头了，用冰凉的手紧握我，说的是："小芸没有消息吧！"我说早没往来了，听说她嫁到外省去了。他说，那好、那好，然后点头，然后闭目。握手三分钟，我触摸到斧头的手柄了。我估计有点儿凉，但看上去先生睡得很平稳，他连身也没有翻动，像一把安静的斧头。

我从病房走出去，没再回头。

想起出殡那天，我骑摩托车去殡仪馆。先生安卧在怒放的塑料花丛中，只露出头，我再也看不见他的手。在路上我被滂沱的暴雨淋了个绝透，直到仪式结束，我身上仍在滴水。一种发冷的感觉从脚底蔓延而起，堆在头上。我预感到感冒了，抬头望着先生那张清癯的遗照，那流露悲悯更含有纵深自信的眼神，扫视行将暗淡的世界……是的，"我所看见的东西像我看见它们一样看见我"。

流星透疏木，走月逆行云。我没有到他墓前凭吊。一晃，12年过去了。

2010年，小芸出差路过成都，她竟然在小陆那里要到了我的电话，一再说希望见面。我约她到报社附近的茶楼一聚。她的体形还是那样，摇晃，有韵，像神秘的鸨鸟。我问她，看过先生的书吗？她摇头，自嘲地一笑。脂粉就从她细密的皱纹间头皮屑一样飘落……

身体的流沙

一

　　沙一直在玻璃上响。咯吱吱的，一种渗透的声音，一种破裂之前的声音。玻璃的反弹之力足以让沙子退却，但沙子无休无止冲来，不惜粉碎自己的身体。于是玻璃上，就出现了一幅写意山水，或一幅看不懂的狂草，这多少有些像巴乌斯托夫斯基在《鱼王》里，刻意描绘的被小孩摁死在候机室玻璃上的蚊子，血在慢慢地流，舒缓而狰狞。

　　这一幕，不时出现在我们眼前，但我们只是将目光穿过玻璃上的沙盘作业，急切地拥抱大自然以及美色，却忽略了沙子的苦心布局。沙子在荒野上在河滩边、一直在致力于建筑巴比伦塔，这赢得了风景爱好者的赞美，他们踏在沙地上，尽管双脚使不上劲，却以沙哑的喉咙喊出了"向沙漠进军"一类的豪迈诗篇。至于三毛，一个跟沙漠并无关系的中年妇女，非要把人们带到遥远的沙漠腹地去观看她的爱和情，观看她的黑头发如何在沙的衬托下迎风飞扬，观看爱情之水在沙上如何匿隐。她不但希望沙成为一种远距离的背景，而且还渴望沙成为一面呈现自己灵魂的镜子。但沙吸干了这些。其实，诗人杨黎抛出的《撒哈拉沙漠的三张纸牌》就可以把这些浮在沙上的滥情盖住，沙还是整洁的。如果再读一读 E. T. 劳伦斯的《沙漠革命记》就更好，沙不但要钻进鼻孔和爱情，沙也会将枪杆子的来复线卡住。对比起来，博尔赫斯的确睿智，他只是在纸面玩沙，隔着书页揣测和聆听，不敢在沙中展示自己老迈的躯体，他翻阅无穷的《沙之书》，尽管沙已经无法对失明的眼睛构成威胁，但他仍然小心翼翼，既是绅士，就不愿意脏手，更不愿意让沙钻进脖子。

但诗人威廉·布莱克却要尖锐、火爆得多。

布莱克撒在文学金丝绒上的沙，不但把沙子从泥淖里予以提纯，而且沙粒击穿了认识论的樊篱，就像后来的加斯东·巴什拉一样，把物质的实在性引入至诗与思的领域，诗是直接从对物质的观照里获取智慧。这是《天真的预言》里的绝唱，我最喜欢宗白华先生的翻译，以为深得个中三昧："一花一世界，一沙一天国，君掌盛无边，刹那含永劫。"有偈语的韵味。

威廉·布莱克是虔诚的基督徒，他毫不怀疑死后的世界，并试图把信仰从世俗教会和理性中解放出来。但那个时候是伏尔泰和卢梭的时代，自然，他对两人的启蒙观念痛诋不休，事情到了势不两立的地步。他有一首嘲笑伏尔泰和卢梭的诗《沙子》——

> 嘲笑吧，嘲笑吧，伏尔泰，卢梭，
> 嘲笑吧，嘲笑吧，但一切徒劳，
> 你们把沙子对风扔去，
> 风又把沙子吹回。
>
> 每粒沙都成了宝石，
> 反映着神圣的光，

吹回的沙子迷住了嘲笑的眼，

却照亮了以色列的道路。

德谟克利特的原子，

牛顿的光粒子，

都是红海岸边的沙子，

那里闪耀着以色列的帐篷。

　　读一读就明白，被神秘氛围笼罩的诗人，在虔敬的侍奉上帝之余，也有"金刚怒目"的时候。可以承载世界真谛的沙子，在被伏尔泰、卢梭们撒出去时，又被布莱克的斗篷扇起的愤怒之风倒卷回来！启蒙也好，理性与良知也罢，在欲望与邪恶勃兴的世界，并未让灵魂归位。那个未知的花园外，正飘来悠扬的牧笛；炼金术士的密室里炉火熊熊……花可以溢香，花也可以蛰伏尖刺，如同沙粒可以容纳一个宇宙！

二

　　我对沙的认识非常肤浅，容量有些类似沙地上的水珠。自幼生活在一条叫釜溪河的沱江支流边，铺满金黄色细沙的河滩就成为最理想的游玩处。6岁时父亲就教会了我游泳，游累了，就感到冷意从脚尖爬进了骨头，就躺在松软的金沙上，用沙把自己埋起来，只露出一个小小的脑壳。开始看着云朵在飘移，渐渐就觉得云朵融化了，自己睡在棉花里。这一睡，一个下午就过去了，往往是被沙烫醒，浑身冒烟，看到夕阳跪在沙滩的边缘，顺河淌着舒缓的血。我一个猛子扎进河心，水面的缎子破了，我像一把捣乱的刀子，把河面弄得乱七八糟……

那时，我家不远处有一家卖河沙的街道合作社，黎明前上百挑夫把湿沙挑到公路边，堆积成了一个足有十层楼高的金字塔，尖顶上长出了一尺长的官司草。无人知道这个金字塔已经存在多久了，父亲给我说，他幼年时，这个金字塔就存在。上百人每天在往上堆沙，也不见长，卡车拉走了很多，就使金字塔出现了很多垮塌的缺口。一次垮塌了一座小山，把一个小孩埋住了。小孩死后，来玩沙的孩子就很少了。

大功率的水泵从河心把沙子吸起来，掺合了很多黑泥，那是黑沙，是卖不了钱的，必须淘沙。把黑纱堆积在很细的钢丝筛网上，用高压水龙头进行冲洗。洗出来的沙，逐渐成为金黄或暗绿色的纯沙。阳光下，沙金如同被点燃，迷乱的一大片，总是无法让人安静。

也许堆积的沙顶比较松软，加上盐都的盐巴埋藏比较浅，所以沙里含盐分多。每当下雨后，细沙、黏土和盐就混合在一起，形成了一个沙漠中才有的流沙陷阱。走着跳着，会莫名其妙地陷进沙里，至胯部就逐渐停止。但要爬出来，却要费吃奶的力气。这种窒息的危险游戏，我玩过几次，心脏狂跳不止，爬出来就像跑了一万米。

我喜欢闻沙子的味道。那是一种河床石头的气息，没有一丝水腥气，就像男人们之间的事情。一个邻居惹恼了我，我就在他们家的饭锅里，撒了一把沙。沙以散漫的无可更变的方式，为我报了仇。自此以后，我恶名远扬，"散沙"就成了我的一个绰号。这个暗示开始我并不在意，散就散吧，也没有什么不舒服。后来在学校里，很多活动我就不参加了，一是不喜欢受约束，二是大家不喜欢不遵守纪律的我，我就越来越散乱了，沙一样毫无规律。多年以后，读到丰子恺于1927年写的短文《散沙与沙袋》，在结尾他说，"原来沙这种东西，没有约束时不可收拾，一经约束，就有伟大的能力。"是这样的么？散沙怎能约束呢？即使捆在一只口袋里，也未必会成为体制的建筑材料，它们旁逸斜出，叽叽咕咕，散沙并不会变成钢铁。散沙只能承受，毫无声息的承受。

那时，我一直在琢磨如何才能打倒体格比我强壮的人。在绝大多数人根本不知道武术这个词的时候，我就拜师学艺了。师傅和我就在那座金字塔的顶巅练习，我被他反复掼倒在地上，顺着沙坡滚到半腰，但沙让我停下来。沙灌在耳朵、鼻孔里，我咀嚼着满嘴的沙，屈辱一样吐都吐不出来。沙在牙齿上冒出发悸的声音，浑身紧缩，鸡皮疙瘩层层冒起，我蹦上去又和他拼命。

师傅给了我几个细帆布缝制的口袋。沙都是生沙，经过铁锅翻炒，成为熟沙，才能装袋。大的用于练习"劈手"，小的就绑在小腿上。记得手很快就肿了，奇怪的是并不像平时摔倒后那样青淤，而是红中带黄。师傅过两天就煮一锅药水，让我反复浸泡。两个月后，我手臂上的汗毛全部掉了，手臂像一根老黄竹，几乎不出汗，蚊子也不再叮咬手臂了。至于那两个小沙袋，我绑在小腿上，三个月没有取过。

但沙不时从帆布口袋里漏出来，最后只剩半袋了，我不得不把口袋打开重装，却发现沙子变细了，明明装进去的是暗绿的粗河沙，如今变成了纯黄的细粉，看它从指缝漏下来，就如同从带有体温的丝绸上滑过，在滑中，又有一点腻的停留。后来，我用双掌插沙，由轻到重，手指立即翻起无数的"倒嵌皮"，血毫不吝啬地涌来，沙黏合了伤，迅即又被血冲垮，沙再次堵住……我没有用过什么药，也从没有感染过。

夜深了，我会在金字塔上躺倒，这是师傅教的方法。眼睛长时间盯住星空，逐渐就忘记了身边的世界，只有星星，只有无边的沙金从身体穿过，一股热流在肚脐下萦绕，就像把沙金聚集成一个丹。我看着沙从脚趾尖流出去，堆积成一个坟堡。我也学着抽烟，但卷烟猛烈的劲力打晕了我。好大好大的月亮啊，它把沙点燃了，让那些在强光下委顿的星星，以十万根小火烛的光，插在沙上，就像一个旷达的祈祷仪式。想一想自己的未来，却如撒出去的沙，松软、干燥而茫然。

接下来是高考、落榜、学习、工作、读书、结婚、疲倦、离婚。我的住处发生了多次变化，父母还住老地方。每次回去看望他们后，我又看到了那个越来越矮的金字塔。它只是一个沙包，没有河沙的新鲜，尘土覆盖上去，沙面板结。没有人再来挑沙了，它被遗忘在那里，成了过往者大小便的理想场所。小便冲出去，像如今的明星一样不可方物，沙立即在液体的指挥下改变塑性。直到液体被吞咽，沙排着整齐的队列还在鱼贯而下。沙上的大便则完全是地雷的造型，因为它简直无法被沙吸收与分解。很长时间，它们占据塔尖，雄视麾下，面对一只屎壳郎，像一个做马拉松报告的人。曾经有男女在金字塔上云雨，发出了激烈的声音，被巡逻的"二排"发现，将两个穿得很"杭式"的"梭叶子"扭送到派出所。川南方言里，对"野合"的男女（尤其指女性，但不是妓女）均称为"梭叶子"。据说应该写成"蓑叶子"，但准确的是"苏姨子"。抗战时期，下江人、苏杭人撤退到四川，苏杭的娼妓也跟了过来，在重庆、成都做皮肉生意。这些风骚妖媚、打扮"苏气"的妓女在当时青楼是上等货色，被川人艳羡地喊成"苏（州）姨子"，后来被误传为"梭爷子"。但金字塔上无"叶子"可梭，甚至"梭草"也不行，他们只能梭沙。

我的那些沙袋呢？什么时候已经被父母当垃圾扔了？我没多问。后来看到斗殴，我总是绕道而行，我像个书生那样，甚至有点女气地快步远离，我只是觉得他们出手抬脚都有问题。

到成都定居以后，沙已经更远地离开了我。我读博尔赫斯，读梅特林克，很长时间里我没有工作，像沙一样散乱。后来去上班，沙卡在轴承里，无论是我还是机构，都发出龌龊的摩擦声，铁锅炒沙的声音。旧习不改的我，在经济的风暴中的确有被铰为蒲粉的危险，好在，我已经提前成了细纱，就是从沙袋里漏出来的那种。在街头，我偶尔被泥土屑击中眼睛。哦，我知道风扬起的不是沙砾，沙已经被凝固到城市的骨架里。但我还是想起了河沙，金字塔，搏杀，排泄，乃至可爱的"梭叶子"。我已经有十几年没有下河游泳了，河里还有沙么？我睁开眼睛后，这些回忆消失了，我摸摸口袋缝，里面有沙。成都茫茫的人流里，只沉淀瓜子壳、绵软之声和纸屑。有时，我突然看见沙金在无数双鞋子下闪烁诡异的光，再仔细一些，它们就消失了……

三

2006 年 9 月 10 日，我亲手把父亲送进了火化炉。由于不清楚火葬场的"规矩"，我在外面买了骨灰盒，他们就让我自己收拣骨灰。把父亲的骨头收拣后，如何放进那个小盒子？旁人指点我，只有把骨头掰烂、捣碎才行。我没有工具，我掰烂了骨头，像个中药铺的学徒，用拳头和手掌，捣药那样把父亲捣碎了。盒子里的父亲，如此微小，大的像沙壳，细的就是沙，盖了浅浅的褐白色的一层。

今夜，看着桌子上的沙漏玩具，我想父亲了。父亲的骨灰盒。盒子里的沙。沙漏固然是及时工具，但它最大的作用是把生命的记忆囊括其中。生命线一般流，到了危机的尽头就将其翻转，每次翻转如同洗牌，让时间重来。我们的生命，也许历经了无数劫难，靠着沙的指点，生命一次又一次重生，又一次次寂灭。但处在骨灰盒里的父亲，拥有了过去和时间，但谁又能帮他把沙漏颠倒位置？而且，重新泻注的沙，已经不是原来的沙了。就是说，不是你的沙，也不是我的。时间在盒子里，"未明"的时间与未名的事物一样，我和父亲都无法猜测其中的环节。有关时间哲学的书很多，已经很难让我读下去了，我不大相信一切可以重来，但我也不相信一切就一去不返。我从没有如此亲历过时间之慢。看着桌子上的沙漏，上端的透明瓶子里，沙子很平均地流过中间那条细缝。除了砸坏沙漏，我没别的办法让它减速或者减速。沙还在丝般下坠，父亲是其中的一粒沙么？它在重力的方向缓缓落入沙海了。透过沙粒，布莱克的"一沙一天国"不见于我的眼界，也多半不见于父亲的世界。我们是俗人。我感到停滞和慢，"比缓慢更缓慢"，有一种力，突然让流沙潮湿起来……

据《隋志》记载："漏刻之制，盖始于黄帝。"足见沙漏出现之早。我想，沙漏比日晷、烛火、打更等等更接近时间的物性。沙暗示了生命在时光里的流淌过程与冲刷程度，暗示了身体在归于尘土过程里的本质成像，具有一种具象形的时间美学，让人心碎。可是，我多想把沙漏倒置，让它重来！因为在追忆里，只有在追忆当中，细节在大面积盛开，细节在节外生枝，郁郁葱葱，催生出往事里也许并不存在的事端。往事的地衣在沙地无尽绵延，把时间覆盖得严严实实，细节成了硬时间上的植被。

时间也许是人类最大的幻觉了，这种刻度仅从生命角度来看并不需要。置身于阴晴圆缺的天穹下，人们明白阴晴圆缺是循环的，因为循环是上天的语法。作为一种经验的延续和记忆，在古人的意识中，上天被理解为在严冬匿去，春天归来。上天的步伐不是单一的线性连缀，"过去"被融化在今天，并在明天再次出现。因此，时间机器一类的装置又怎能圈定生命的细节？在我的回忆里，细节不是在消逝，而是在并生并行，不断扩展。生命不是在变老，而是在丰富和深厚，在青苔密布的那种深厚中，归于尘土。

对于时光经验，我知道它既是幻觉，又是真实的；我看见，却无法触及，宛如我面对着的玻璃瓶子。这让我想到博尔赫斯在《神的文字》里表达的意思："我明白自己是在做梦：我使尽全力让自己醒来。醒来也没用；无数的沙粒压得我透不过气。有人对我说：你的醒并不是回到不眠状态，而是回到先前一个梦。一梦套一梦，直至无穷，正像是沙粒的数目。你将走的回头路没完没了，等你真正清醒时你已经死了。"他肯定不愿醒来，他用沙修筑的迷宫，要让时间迷路，找不到自己，尽管他知道沙就是时间。但他多么希望能够延迟被找到的机会——就像捉迷藏游戏，他不但是最后被捉住的一个，甚至，他已经被参与者忘记在游戏之外！

对我来讲，这个骨灰盒里，时间是构成父亲的唯一物质，时间是带走父亲的沙。时间是我骨折的手，从 3 岁的女儿头发上抚过的那种光滑；时间在我的脸上是坑洼，在女儿脸上是桃花。

半夜，我被细微的裙裾拖地的窸窣惊醒。顺着月光，沙在不断地注往我的周围，柔和的台灯给沙铺上了一层恍惚的橘黄。我回到了少年时代吗？我在那个金字塔上，看见好大的月亮。听见父亲在咳嗽，他吐了很多沙……我不敢再睡，立即起身，用冷水洗头，坐到天明。

某天下午，我带着 3 岁的女儿，站在那条名叫釜溪河的左岸，回想起父亲带我下河游泳的那些时光，那一轮 40 年前的夕阳穿过心肺。我流泪，女儿用小手擦我的眼睛，问我怎么了？我说爸爸眼睛里飞进了沙子。

美国诗人加里·施奈德在《流水音乐》一诗里写道："坐在阳光下的岩石上，观看老松树 / 挥舞 / 在令人盲目的精细的白色 / 河沙上面。"这让我想起了浮在沙之上的我的世界。仔细看看自己的手，沙总是在我的注视下闪烁。过去的一切，从不坏灭！佛经上好像是这样说的：是"恒河的沙粒，更无别的沙粒。"

铸剑者

正是由于火，铁匠们才能将铁块
铸成美妙的形状，他们思想的形象：
没有火，任何艺术大师也不能使
黄金呈现出最纯真的色调。
不，无与伦比的凤凰也不能重新再生，
除非经历烈火的煅烧。

——米开朗基罗《十四行诗》第五十九首

欲拔未拔的剑

本文标题本应该去掉"者"，是缘于迅翁早有高文在上，鱼目混珠，怕怠慢了。反过来想想，在道与器的辩证中，学理早已顺溜分明，学人早已衣衫笔挺登堂入室，分野直如剑上走水。可一旦由国学步入国术，进入剑文化的主殿堂，学人就立场不稳把持不住身形了。他们惮于赤脚从锋刃走过，几乎有一种本能的头尾倒置之能，一揖倒地，冲着剑的名头纳头便拜，那些背诵得滚瓜烂熟的形上之论立刻坐忘，"人驭剑"变成了"剑驭人"，所以，我们目睹了太多的"神剑之歌"。

人们熟知的是，吴越之尚武之风由来已久，早在春秋时期，"轻死易发""好相攻击"，已成为吴越民风的凌厉特色。吴人尚武，最突出的表现形式是"好剑轻死"。在专诸大侠飞鹰一般的罡风之后，还有一件著名的利器，那就是鱼肠剑。剑因人而雪亮，人因剑而影响深远，剑与人互为彰显。鱼肠剑的名字的来历有两个说法，一是出自《史记》因剑出鱼腹一说，但司马迁并未直言这把利刃之名，仅以"匕"称之；后来《越绝书》（东汉·袁康、吴平编撰）明确指称此剑名为"鱼肠剑"。还有就是沈括《梦溪笔谈》里的说法。鱼肠以团钢铸就，剑成则现纹路，因类鱼肠，故得名。暗示鱼肠剑为钢制。

但是，存世最早的方志史书《越绝书》卷十三《外传·记宝剑》记载："昔者，越王勾践有宝剑五……当造此剑之时，赤堇之山，破而出锡，若耶之溪，涸而出铜，雨师扫洒，雷公击橐，蛟龙捧炉，天帝装炭，太一下观，天精下之。欧冶乃因天之精神，悉其伎巧，造为大刑三、小刑二。一曰湛卢，二曰纯钧，三曰胜邪，四曰鱼肠，五曰巨阙。吴王阖庐之时，得其胜邪、鱼肠、湛卢……时阖庐又以鱼肠之剑刺吴王僚。使披肠夷之甲三事。阖庐使专诸为秦炙鱼者，引剑而刺之，遂弑王僚。此其小试于敌邦，未见其大用于天下也。今赤堇之山已合，若耶溪深而不测，群神不下，欧冶子即死，虽复倾城量金，珠玉竭河，犹不能得此一物。"这就明确指出，吴越名剑都是青铜剑。青铜剑是否能够洞穿三层铠甲？一直引起人们的热烈追问。鱼肠剑，一名鱼藏剑，名字来历，一说是由于剑身上的花纹有如鱼肠，凹凸不平，因此得名。另一说是由于它小巧得能藏于鱼腹之中，"鱼肠"之名，亦有写作"鱼藏"者，乃状其剑短小精悍，于鱼腹可藏匿。宋人以"鱼肠"为剑身之花纹貌，实则大谬。据传是铸剑大师欧冶子为越王所制，他使用了赤堇山之锡，若耶溪之铜，经雨洒雷击，得天地精华，制成了五口剑，分别是湛卢、纯钧、胜邪、鱼肠和巨阙。

鱼肠剑既成，善于相剑的薛烛被请来为剑"把脉"，薛烛的眼睛十分"毒"，他感受到了鱼肠剑中蕴藏的乱理和杀意，回答道：鱼肠剑"逆理不顺，不可服也，臣以杀君，子以杀父"。后来越国进献宝物于吴国，剖开了一段前无古人后无来者的历史……

可惜的是，历史上有很多欲拔未拔的剑，这样的剑成了一根温度计。冲冠一怒的人，他的剑在鞘中已经等待太久。就像闻到杀气的战马，急不可耐地用蹄铁在地面刨出火星。剑嘎嘎地在力的迟疑中，渐渐的，变成了锲入黄铜鞘口的锯声。这样，剑嘎嘎嘎地啃着自己的兄弟，剑在鞘身反复摩擦，登徒子一般展开了它那革命的阳具。但拔剑的人渐渐在怒火的边缘感到了冷意，他主要是在权衡，平息愤怒的代价，自己是否拿得出。这样，他就被一个算式算迷糊了。准确点说，他畏惧。剑，被按回到暗水之下。但剑的潜泳技术并不高超，它们积重难返，是被委以重任的方言。大量的欲望在分泌，在谋反，在哗变。许多名剑的一生，连一次也没有被拔出过，就锈死于鞘。或者在某个著名的尸体边安卧，与那些"拆骨为刃"的肋骨隔衣相望——相看两相厌。这就像石达开的翼王之剑，被死对头四川提督唐友耕缴获，后来就陪唐友耕在成都浆洗街大墓里殉葬；而一般的安排是，剑被鼻烟壶、青花瓷、黄花梨雕件拥簇着，成为古董架上只能看不能摸的辟邪神器。而古董店里回荡的阴鸷之气，进一步加剧了剑与尘世的距离。

某一次，欲拔未拔的剑，突然看到了大光。手臂颤动之下，光的世界是摇晃的风景。剑明白自己体内，有十万只马蹄敲打出来的鬼火，足以浇熄天上的光。剑光不是神赋予的，而是被尘世的恩仇淬就的。但事情到此为止，剑又被心事重重的人按回到黑水……人与剑相隔。剑从水下瞻仰人世，剑身轻易被水折断；上面的衮衮诸公啊，挺胸腆肚如孕妇，有一肚皮的不合时宜。他们被剑身放大，成了人物。成了大人物。

所以，逞口舌利剑的人，就不要伸手去乱摸。摸到的是剑而不是笔墨，容易自乱心智。

我就是这样一个旁骛之徒。我的书房里挂一把剑。一晃，二十多年了。但剑并未晃动。

书读得太累，就有一种拔剑的冲动。我有好长时间没去唤醒它了？剑柄蒙上了一层灰，不但是雾霾天气的罪恶，也是我疏懒、血气渐失的物证。我把剑取下，手指扣紧，掌心略空，灰尘的滞性恰好使我毫无黏腻地掌握它。

现在，我装模作样，煞有介事，想着丹田，想着意到心到，想着从脚后跟到腰部发力，想着剑乃手臂的延伸最后是手臂与剑均不见……熟能生巧，一日不练手生，心中无剑，对这些城府极深的口诀日久生情，很容易发展为癔症。好在我也仅仅只能把剑抽出，刺杀一番雾霾空气，就快快插回剑鞘。但冷兵器时代不同，人们相信剑乃是寄托的发射架。投笔从戎的书生，或一手执笔一手仗剑的文人，比如李白、辛弃疾、谭嗣同、秋瑾等等，总让我感动不已。书生剑气，一直为我供给"活着"的血气。是的，我们有太多的话语一直处于图纸和计划阶段而束之高阁。目睹一些弱智与弱力的骨殖，轻易就被消费主义吞噬得无影无踪。我追忆那些回荡在冷兵器时代的热血，是以怎样的狂啸和公正，沐浴一代又一代的凡人成为英雄，然后静寂地视死如归……在一个缺乏文化的年代，武化是最好的老师。金属与死亡一再证明这个铁血法则。

红锈爬上剑身时，龙泉山的桃花正将火烧云举高。当锈的裂纹漫过剑脊，死去的父亲从空中俯照，把我的骨头照成蜡。剑刀挂在墙头，任铁锈将它全身染红。贪梦而动的兵戈，从午夜的深水里伸出头来，大口地呛血。不知道，剑何时溜出房门，干了一桩路见不平的事，还是某个动机暧昧的事体，把自己钉在刃尖吃痛，渴望成为受难者，或者，剑在熔化。钟摆停在往昔的恩仇中，铁的怀疑气息，与狂奔的桃花在室内游走，让墙壁上的影子，比朋友还多，结构比爱情更稳定。我想弄清楚，在桃花的掩护下，锈如何，安然走过锋刃的独木桥？今夜，我肋骨剧痛，一股大力让我浑身是冰，莫不是，那蛰伏的宿敌，已经埋伏在窗下？

这是虚构的——不过是我的"私人梦"。

剑是冷兵器时代的脊梁，古汉语习惯以帝王之尊来比兴武道利器，于是剑乃为"百兵之王"，但也可弑王。在各国历史上，都有关于统治阶级将"剑"作为权贵象征的记载。尤其是在中国，譬如秦始皇统一全国后要必然铸一把"定秦"剑；曹操打仗的时候一定要佩带一把"倚天"剑，就连黄帝的下属，也不忘给这位华夏民族的祖先配上一把"轩辕"剑。

剑是"百兵之君"，炼成君子不易，铸剑者却铸下了一段段匪夷所思的传奇。干将、莫邪、欧冶子等人的传说世人皆耳熟能详。鲁迅最钟爱的便是心血之作《铸剑》。1936 年 2 月 1 日，在给黎烈文的信中，他说："《故事新编》真是'塞责'的东西，除《铸剑》外，都不免油滑。"时至今日，当剑已随那段漫长的历史一道沉入了记忆死水，还会有铸剑者在挥舞大锤吗？

站在剑刃上抚摸脚踝

网络上，大凡写有点重量的帖子就叫"打铁"。但活着的打铁者远非这般轻飘。蜗居在成都市九里堤南路一间老旧民居内的龙志成老人，举起了满是老茧的双手，对我大喊："我是铸剑者，姓龙，名志成！你是哪个？报上名来。"

2007年深秋，成都市作协主席何世平与《成都晚报》副刊部主任卢泽明，决定联合主编一本反映成都平原民间手工艺现状的田野实录，后来出版了，定名《成都的三十三双手》。三十三道梁来三十三道弯，当然了，三十三条羊肠之外，还有奇绝无俦的"三十三剑客图"。可见，书名暗合了一个吉数。

我决定采访龙志成。

龙志成矮小，并不单薄。他的体格很像茶马古道上的背夫，常年近300斤的负重榨干了他们的全部脂肪与疏松，皮肤呈现出楠竹扁担的一派熟铜色。他干笑几声，喀喀喀，额头皱成一片烂布，有点病态。他住的房子是一栋破旧的居民楼，灰头土脸。橱窗对面的墙上，两幅巨大的草书："剑"和"龙"，并配有两副对联，其中一副是：

> 试锋昔传欧冶子，论剑当推西蜀龙；
> 巨龙腾飞凤展翅，我铸宝剑树国威。

措辞通达，颇有硬气。不足15平方米的卧室其实是一间兵器库。刀、剑、棍、戟……这些傲慢的利器闪着光，幽蓝漫游，白光低回，金属断口特有的一种烂银色，以及兵器长期安卧散发出来的一股惰气。他的生活用具就堆放在一角，深吸一口，还有剩菜的味道。

从 1979 年开始，龙志成前后铸造了数十把钢剑和若干其他兵器。剑基本上被美国、英国、德国、日本、瑞士、新加坡、马来西亚等国以及中国港台地区的知名人士收藏。龙志成自己只留存了四把。那不但是金不换，而且旁人不能摸，看一眼就算福气。其他兵器则是老人铸来练功。

剑高高在上，就像婚姻中攀上的高枝，不但考量烦琐而且极难伺候。

为什么要铸剑？

龙志成的重庆口音极具爆破力："说来话长……有不少媒体报道过，说'我因见女儿习武所用之剑太差，所以自铸宝剑'。其实是他们不懂我。我是干啥子的？你恐怕也不晓得。嘿嘿，我是吃机械设计加工饭的，我不但懂铁，我也懂钢。不懂钢铁，还铸个锤子的剑！"

"另外，我退休了，除了钢铁，我实在不太懂别的。跟人打交道不像与钢铁，人海中很多龟儿子，滑头得很！钢铁多听话啊。铸剑一举多得，所以说做就做。"

铸剑不是削木头不是造锄头，哪里是一个外行说做就能做？曾经有一则新闻报道附会说："龙志成自称'铸剑之术得自梦中太上老君所授'。"听我一说，龙志成脸上那片烂布褶皱大张，一如绷紧之绸，双目精光四溅，在我脸上扫了一个来回。然后，他又恢复到烂布松弛的表情，笑了。是一种干笑，有点抽搐。他转身打开一个旧柜子，取出一大摞图纸，摊开让我看。

这些都是龙志成当年在机械工厂工作时亲手设计绘制的机械构造图。齿轮、曲轴、连杆、模具、凹槽……

老人回忆说，自己 1928 年生于重庆。8 岁时父母病逝，自己靠做学徒长大。1949年12月他参了军,随部队进驻西藏,后来长期驻守在中缅边境。1955年龙志成复员到成都木材加工厂,依靠自学很快由一名工人成了厂里有名的技术师。没有上过学,但一心想要做发明家,这不是明白着要挑战人才体制吗?好在提倡积极革命为共产主义贡献聪明才智,他自学,终于在三十岁上成为工厂的技术骨干。发明的多种仪器后来都成了工厂的特色产品。但贡献一多,他就被盯上了。"文革"期间,被革命者扣上了"资产阶级反动技术权威"的帽子,被批斗了整整10年。

龙志成说:"龟儿子些整我。我不是资产阶级,也不是啥子权威,我是一个善于动脑筋的人。"

龙志成于1979年51岁的时候就病休了。为了治病,他一面求药,一面随好武的女儿开始习武。铸剑的念头浮出水面。

不要牛皮哄哄,云遮雾罩。龙志成铸剑,使用的不过是工厂金属加工的程序。

第一个步骤是设计图纸。大到剑身,小到剑柄上的花纹,他都有详细的方案绘制。耐人寻味的是,绘图的参考资料,他参考的并非市面上常见的流水线上的兵器,而是传统书籍上关于铸剑林林总总的记载。历经多次失败,终于在开始铸剑7年后的1986年,他完成了第一把宝剑——龙氏剑。他不懂小资们的"七年之痒",他只有七年之痛。

绘好图纸后,第一要务就是选材。在他看来,剑最好的钢材不是千锤百炼的国粹,乃是德国产的轧钢。挑选好上好的圆钢条放到用泥石砌成的炉里烧制,扯动风箱掌握火候。这时就要严格注意钢条被吹红的颜色,太亮则温度过高,太暗则温度不够,要颜色发白;同时也不能局部发白,要颜色一致。如果火候不到,受热不均衡,剑坯的钢性和韧性就会出现问题。要么太硬要么太软,最终结果就只能丢弃。

在我看来,龙志成不是一个一门心思要从古文化的汁水里打捞利器的人。他从"坚船利炮"身上剜取了一块骨头，用的方式俨然是"西学为体，中学为用"，也不怕被人指责为"溃夷夏之防，为乱阶之倡"。他渴望从一个非传统的角度，凿壁偷光，亮出一击反手剑。

还是回到他的操作步骤。

待火候到位，他立刻钳出钢条，用重20斤的大锤敲打。直至其温度变冷，再投入火中烧炼。如此反复，直至打造成剑坯。紧接着磨制宝剑的大致轮廓，若发现缺陷，立刻再热锻纠正。

这让我想起哲学大师加斯东·巴什拉的话："在人类以前的获得物中，最大的伦理性获得物就是劳动者的大锤。以破坏为目的的暴力因为有了大锤才变成富于创造性的力量。从为了打杀的棍棒过渡到铁匠的大锤，在这个过程中，存在着从本能达到最高伦理性的全部过程。"

我有一点从书本得来的淬火常识，知道一些铸剑师往往选择菜籽油作为淬火介质。理由是菜籽油沸点高、热容量大，聚合和氧化速度较慢。据测定，菜油的淬火冷却速度160℃/秒，矿物油为100℃/秒。在没有专业设备和专业调和淬火油的情况下，菜籽油是非常不错的选择，大部分碳钢和部分合金钢均可使用。当然，事前必须对菜籽油进行处理，保持水分在0.3%左右，淬火中可延缓聚合作用和氧化作用的发生，从而增加使用次数。对这些"纸上学问"，龙志成皱了皱眉头："菜籽油淬火是传统锻剑习惯，我不大用。因为我使用的钢材已经很好了，无须脱了裤儿打屁。"

以上工序完成后，即将进入最后一道同时也是耗费时间最长的一道工序：精磨。

对此，龙志成解释："宝剑有菱形四面，每次剑面打磨回合次数、力度轻重缓急要一致，否则剑面会扭曲变形、厚薄不均，由此前功尽弃。剑面也须如明镜光彩照人，不能有一丝瑕疵，因此每一面都须手工打磨几万次，次数不能有丝毫偏差。"为了避免出现丝毫马虎，龙老收集来一大堆硬币，提神凝气，摒除杂念地打磨，每个剑面用特制的磨剑工具磨足 1000 次，便放一枚硬币在一个空罐头盒子里。够了 1 万次就在墙上画一笔，一个"正"字就等于 5 万次！磨一把剑就至少要写下 4 个"正"字。如此科学的计量法，好像也不是古法所推许的。但在甲骨文里，"正"字上面的一个小方框代表了古代的城郭，下面的"止"表脚，引申即许多人一起去一个城郭，意思是军队出征，攻打城池。所以"正"的本来的意义就是"征"。作为汉语记号的"正"字，暗含兵戈。

磨剑台位于阳台，他年老力衰，已废弃不用。那是一座长、高各约 3 尺的木架子。磨剑台面是一整块乌木雕成，一头设有螺栓固定剑柄，中间突起一个凹形的槽，用于放置剑身。龙志成抽出一柄废剑，放到槽中。双腿拉个弓步，左手帮紧一砂石，右手运劲，从剑尖开始向前磨："千万不能停顿，运力要均匀。"在磨剑槽的左边，有一个深约一寸的笔直沟渠，刚容一指。护剑人张磊说："这是龙老师的左手的小指磨出来的。"

剑身如此难得，剑鞘和剑柄又岂能有丝毫马虎？他选用的是乌木作为原材料。乌木在四川盆地均有出产，就是价格高昂。由于剑鞘粘接技术要求非常高，又因乌木本身的质地，粘接稍处理不当，就会使整个剑鞘变形。龙志成经过 4 年的研究，发现乌木的质地会因季节及温、湿度的差异而发生轻微的变化，他就依照自然的变化设定出最适合当时木质条件的粘接方法。遗憾的是，个中细节老人说太过复杂不愿多谈。这种保守，可以理解。

至于剑鞘和剑柄的花纹，老人一般选用熟铜作为原料。先在图纸上设计，然后制造专门的样品器皿，将熬好的铜汁灌入其中，冷却后取出便成。龙志成取出一枚特制的大钢钉，用铁锤在剑身上敲打。原来竟是预先写好字后，再一点一点敲打出来的，凹凸错落，煞是好看。

老人说，为了配合剑的古色古香，他特意花了两年时间学习篆体书法。

剑铸成，还不能放在鞘内任其生灭，必须"养剑"。龙志成常常会带着它们去到名山大川，让它们充分吸收阳光、雨露和天地间的精华。譬如他最后铸成的"龙腾剑"，就曾经到过青城、峨眉、金山寺、真武观等等地方"一游"或"数游"。见四周无人，他偶尔把剑拔出，一晃一抖……像一个影子，可以站在剑刃上，弯腰抚摸脚踝。

失去了恩仇的世间

1986年，老人历经7年所铸第一把宝剑面世，被一些武学权威誉为"天下第一剑"。这其实是国人的礼数，但较真者不满意，在"第一"上发难。媒体反复炒作，龙志成爆得大名。他顺水推舟，建立了国内首家民间宝剑制造社——龙氏宝剑社。内地、港台武术界，以及海外多个国家的爱好者均来求剑，武术界繁文缛节尤多，麻烦就来了。龙志成有点恼火，干脆关闭了剑社。

他成天叮叮当当，把家里当铁匠铺，疯子也会被治好，谁受得了哇？1988年初，他焦躁，显得急不可耐。干脆离妻别子，独步遍寻成都荒郊野外，最终在东郊塔子山下一个草木丛生的荒地上，搭起一间仅能御风的破木屋。以至于后来他搬迁到九里堤以后，邻居们无人不知道这个"龙大侠"，转过脸就小声解释："其实是个不顾家的疯子"。他选择的炼剑之处，其实是沙河边的一个丛林荒地。他用黄泥石头筑起一个炉灶，既做饭，又炼剑。就在这里，龙志成开始长达十年的隐居生活。这在普遍安于脑满肠肥的成都绝对是个怪物，就是放眼中国能有几许？可是这样的人注定无法"感动中国"。十年造剑的隐居生活是非常孤单寂寞的，白天静寂无声，夜间风声雨声，他要集中心神，一人做起古时穷毕生精力乃至生命才能完成的绝世之作：当铁匠做剑身，当铜匠、银匠做装饰，还要当木匠做剑柄、剑鞘，当画家设计图案，当书法家刻字……20 世纪 80 年代末期，他的一把铸剑至少要卖2000 美元；后来定的价是 5 万元以上（人民币）。当然，龙志成也未能免俗，他向一些"名门正派"的掌门人赠剑，自然是希望以此扩大影响。比如，中国武术研究院副院长蔡龙云大师在得到武术界人士的反映后，特意试用，后致信龙志成："有人说价格太高，但剑质量确实也一流……"

抽刀断水，拔剑裁云，剑穗带起的痒意，已是绝好的"报料"。这也意味着，一个人学会了锻造利剑和锁链，他可能用剑斩断锁链，但未必有能力"断臂求悟"。

龙志成铸剑成了，武道也在同步推进。他曾先后获得过包括武当武术大会在内的五项武术金牌，入选了《中国当代武术名人录》。并依靠修炼自创的"武当龙魂养生功"，多年的痼疾竟不治而愈！

他继续寻找着"赠剑"的大目标。2004 年 6 月，龙志成因为一桩"收藏之争"，动了心火，引得他暴跳如雷。

青城山举办道教文化节，吸引了海内外人士关注。龙志成事前表示，要向大会组委会赠送一把剑。14 日一早，他身背宝剑来到青城山。不料，他突然改变了决定。

他的解释是："当初是他们（指青城山武术界管理人员）来向我求剑，作为道家弟子，我为道家文化节首次破例，特意赶制'青城剑'相赠。谁料到竟然因为他们内部争执剑的所有权，上午还专门开会商议，我的剑是为文化节所铸，不是为哪个人铸的！这是我最后一把外传的剑，只有等有了有缘人，我再将剑传给他！"

口水无法将剑浮起来，漂木一般进入觊觎者毂中。这把"青城剑"，依然被他带回家。秘藏，也是不准看。

我提出看一眼，龙志成沉默了一下，打开"青城剑"剑匣。里面躺着一柄三尺长剑，乌木剑鞘，剑柄缀一条鲜红丝绦。他抽剑，一抖，剑尖没有因大力摆动而盘曲，没有盛开我想象中的朵朵剑花，他铸的剑显然比寻常的武术剑重而硬，因为表演用的武术剑重量一般不超过两斤。光，一点一点大起来，狭窄的房子宽了，光影交错之下，菱形剑面如镜光交错晃出一抹云烟。立定，剑就无声无息，全然是钢蓝之静，全然没有张艺谋《英雄》当中被油漆匠的荷尔蒙鼓噪起来的截云断雨的剑气，也没有激荡在李安《藏龙卧虎》里电镀克洛米的纯西洋弹簧钢片儿发出的破风"龙吟"。剑，有点儿木头木脑，油盐不进，轻轻缩回剑匣，像小袋鼠安然回巢！

新加坡岭光国术研究社创办人林振钦先生与世界武术名家周树生先生同为周家拳弟子。2012 年的闲聊中，林先生提及欲购一柄蜀中铸剑名家龙志成道长所铸之剑赠送给周家五虎纪念馆。周树生先生刚好有一柄龙志成道长所铸的"龙王剑"，自己珍藏了十多年。周先生认为：自己出生时恰是龙年，周家拳创始人是周龙，"四龙"聚会，是否冥冥之中的天意？他毅然将心爱的龙王宝剑赠送给师弟林振钦，成为周家五虎纪念馆镇馆之宝。"龙王剑"是龙志成所铸的龙腾、龙凤、龙王等宝剑系列中的得意之作。剑净重 7 斤，长 1.1 米，青光闪耀，沉郁而不压腕，剑身硬而不僵。但单说"龙王剑"的重量，就不是那些风声大作的表演者能够使用的了。

…………

铸剑是对钢铁的赋形，是给钢铁以生命的炼金术。用米开朗基罗的话来说，是"铸成美妙的形状，他们思想的形象"。

不知道米开朗基罗是否制作过兵器？他的确是把自己的思想锲入

了雕塑。龙志成自然没有大哲如此丰富的内在储备，也没有古人往剑身注入烦琐神话甚至幼儿精血的文化镶嵌技术。他突然说："我有点厌烦铸剑了。剑剑剑，别人听成了贱贱贱，我就是不近人情的剑，挥断了多少情丝？还铸个锤子的剑！"

剑寂寞，决绝之剑寂寞，铸剑寂寞。但更寂寞的，却是一个失去了恩仇的世间。

现在，时髦的玩法已经涉及到体力活的领域，比如陶吧、木工吧就很红火，连遁出都市生活的"铁吧"也铿锵开张。周末，几位朋友约我去打铁。一想起铁，我的心就会被刺痛，一种温暖的痛。它离我最近，后又离我最远，现在我要如磁石那样把它找回来。郎费罗在诗作《乡村铁匠》里用了一句奇妙的话："铁匠是个魁梧的壮汉，一双大手真有力气；在他雄健的胳膊上，肌肉就像铁打的一样。"龙志成根根肋骨冒起，像通条。那些软质的、塌陷的、懦弱的的物质，唯有在铁的灌注与逼近之中，它的性质改变了。至于汉语语境中是否会出现郎费罗所希望的结局——"这样铿锵作响的铁砧上，可以造就出火红的事业和思想"，那就另当别论。

而在我的修辞感觉里，铁剑固然比钢剑更软，但因人为注入的地气更多，铁比钢更具诗意。钢剑有点像明星，铁剑则是黑客。这个道理，也可推至暗光远去的青铜剑——那是无名——杀人越多就有了名头的时代。

2013 年 4 月，作家王希告诉我，龙志成先生在 2012 年已魂归道山，薪尽无传，其铸剑一道绝响巴蜀。

剑存，人去如剑气，绕指柔。

在成都的浣花溪，龙志成完成了真正意义的"浣花洗剑录"。

2009 年夏天，我改写完《复仇之书——中国历史上的侠义恩仇》一书后，去了一趟苏州虎丘。不但抚摸了被"剑文化"在"试剑石"

上深深凿出来的剑槽，又被拥挤不堪的人流推向"剑池"，拍了几张照片就又被人流拥开了。"剑池"正好排干了水，几个工人在开挖污泥。在这个"剑冢"里，那些流传数千载的传说，均在池底的污泥里找不到半丝根须。我不禁想起自己幼年做过的一件大事：一个邻居送给我一把自己制作的短刀，我不懂"寸铁杀人"的古训，嫌它太短，"不像刀剑那样神奇"，于是挖坑下埋，我希望它像庄稼那样长出来。这件事如同地主埋财宝，说不得。我埋在一个荒僻的山墙下。一年后我去找那把短刀，怎么也找不到。我扩展开挖，突然挖到了一根何首乌，男人形，只是没有鸡巴。

（本文一些采访素材由文友王希提供，特此致谢。）

无头的豫让如何复仇

有些事的确是被感应的丝缕连接着，豪迈者一挥而过，管他啥事——其实他也就风急火燎地过去了；但忧心忡忡者不同。某一个地方，某一个人，某一件事情，一直在暗暗发出召唤，就像一双眼睛一直在跟踪你，在你偶然回首时，火柴总会找到擦皮。直到某一天我向它俯身、倾斜，乃是它与我的预谋图景，发生了深度契合。2011 年 12 月初，我应山西省作协文学院之请，来太原举行一次散文讲座。院长张锐锋兄问我想到附近哪里走走，我说，就去侠士豫让的故地赤桥村。中午在军转大厦吃过饭，文学院的司机用一辆老当益壮的尼桑车送我直追战国地界。

2007 年我写《拆骨为刀——中国历史上著名侠义事件》时，义气深重的豫让使我的写作几乎陷于停顿：豫让是中国刺客史上第一个成功整容的刺客，他开启了中国历史上的诅咒之术；而在先秦六大侠客中，他可能是最缺乏武功的一个；付出了自己的全部而未能完成复仇夙愿，又因为起点太低，他与高渐离近似，是六大侠客中唯一在无外力支撑的背景下，仅凭一己之力向强势集团复仇的事例，故而显得最为悲壮；他的每一次企图脱胎换骨的飘浮行踪却一再暴露他的刺杀企图，使得他苦心孤诣的复仇计划毫无秘密可言——这样看来他的计谋水准似乎不足以完成天狗吞月般的大事。但是，他一门心思就是要复仇，他像一个不顾一切而背离大势、顶风作案的独行者，在刀锋一般的北风吹拂下，他愈来愈薄，化作了贴地而飞的纸人——我还知道，具有二千五百多年以上历史的赤桥村，村民历代就是以造纸为业的。

当然了，历史上有两个宣称是发生豫让义刺赵襄子的地方，除了太原赤桥村，还有幽燕之地邢台。《邢台县志》详细记载了豫让的事迹，豫让桥也就成为名胜。万历十八年，邢台县知事朱诰主持修建豫让祠，把忠义之士成了乡贤，四时祭祀，留下众多诗词。清代诗人陈维崧路经邢州时写了一首《南乡子》："秋色冷并刀，一派酸风卷怒涛。并马三河年少客，粗豪，皂栎林中醉射雕。残酒忆荆高，燕赵悲歌事未消。忆昨车声寒易水，今朝，慷慨还过豫让桥。"豫让桥在抗日战争期间被毁，后来修复，桥长十米，高三米，宽六米，孔径四米，为双孔石板桥。1978年修京广公路，把它改建成钢筋混凝土盖板涵洞桥。至此，混凝土窒息了一切历史的勾连，与豫让已经毫无关系了。从历史地理着眼，太原的晋阳城遗址、智伯渠、悬瓮山、古槐等等宛在，赤桥村才是豫让的故地。类似的情况在异地也有，比如诸暨与萧山均有不少与西施、范蠡有关的相同地名和传说，就像种子下地的信仰。但美女爱国主义的发射基地应该在诸暨那宛若裙带挽腰的苎萝江畔。

太原文史学者王剑霓经考证确认，战国豫让桥确址在赤桥村。他查阅《吕氏春秋》，发现在《季冬纪·序意》篇记载："赵襄子游于囿中，至于梁……梁下，豫让却寝，佯为死人"欲刺襄子。引文恰好填补《史记》《战国策》载"襄子当出，豫让伏于当过桥下"之"两当"之阙。结合实地考察，王剑霓认为囿古代帝王蓄养鸟兽之园林，赵襄子所建和所游的圃，其址在今太原市晋源区晋祠北的赤桥村。因为定襄、赵城、襄垣、顺德府等处豫让桥在当时都无建圃的条件，因此说它是豫让刺赵襄子之桥一说不能成立。

我们的汽车出太原城区一路向西南疾驰，三晋大地逐渐呈露出它的自然景致，苍茫辽阔的田畴被厚达一尺的积雪覆盖，明晃晃的太阳在赵国的天空低悬，将白雪照成了棉花和骨灰。偶尔有突然冒出来的高楼群，像一个个拒绝入境随俗的黑客，周围寸草不生，手指头粗的树苗就叫景观植被？最后情形多半是树还没有长成，可能房子就成危房了。这样的小区用铁栅栏箍着，这般耸立在荒野，挺傻帽，像是在等待排空发射。谁来买这样的住宅呢？

刻意"做旧"的晋阳城占地广阔，城墙在阳光下发出暗淡的青光，它在尽力吃进热量，准备在夜晚用于反刍回忆。再往北走，连绵而来的吕梁山余脉西山，以一种"虎行似病"的慢性，将铺天的石头演绎为一脉青绿，而山顶的积雪加深了斑斓的色素，山势更像一只横卧的黑虎，将汹汹而来的平原挡在远处，不让靠近。

就在这个缓冲地带，密集的低矮房屋扇子一般摊开，那就是赤桥村。汽车顺"官道"进入村口。我看见有几十亩打围的空地，司机对我说，那里两年后就将是山西省文学院的创作基地。

村口看不到一个行人，过于密集的农家住宅关门闭户，门口堆砌的积雪用一个个的锥体反射阳光，毫无融化的迹象。因为省作协在本地选址，司机多次来过赤桥村村口一带，但没有进过村，以至走错了两次。好不容易见到一个村民，听说是来看豫让桥，他用手一指："顺着官道走，看见最大的槐树就到了。"

赤桥村可以用几个意象来归纳综合：古槐、古渠、古桥、旧道、古作坊、古宅。这不是暗喻，而是明示了它拥有的至少二千五百多年的沧桑。

村里的水泥路并不狭窄，但沿途可以看到不少灶台一类的废弃物。司机说，此地深受"国士"义气感召，有救厄济困传统，所以清朝时期此地乞丐云集。另外一个原因是造草纸需要把原料稻草、麦秸蒸熟，村里到处都安有大铁锅，铁锅下燃大火，火下是一个高宽约各2米，深度约4米用来盛放炉渣的炉坑，俗称"锅圪斗"。一到冬季，乞丐无处安身，就钻进锅圪斗里取暖活命。

我看到几棵大槐树，树身覆有少量积雪，龙身横斜，早被寒风拔光树叶，依然俯仰自得，具有鸡皮鹤发的苍迈。赤桥村古槐有十五棵，千年以上者9棵。估计我看到的均在千岁之上。

看到一个农妇在一个毁去围墙的小院里忙碌，她身后有一棵硕大无俦的槐树峭拔于青天之下，下车询问。她说，豫让桥就在豫让槐下面！

足需五人合抱的豫让槐缠满了红布，一树从腰部分出三枝，被保护者用灰色的钢条予以固定。这是否就是"三家分晋"的历史隐喻呢？我觉得是。树下有一个小交叉口，官道分出两翼，斜插民宅。门墙边倚着一些废弃的大磨盘，还有一些有棱有角的青石和榫头。仔细一看，上面刻有花纹。阎庆梅说，那是不是豫让桥的望柱呢？老妇回头："是的，那就是豫让桥唯一保留下来的东西。"

老妇姓田，在赤桥村生活了六十年，她只是说，大跃进时期，豫让桥被填埋在地下。原因是水利改造，智伯渠只能走暗渠，古渠道便被铺平，残存的豫让桥便被埋入地下，因而没留下遗迹。豫让桥的一段桥头望柱石栏杆以前是保存在这个大树下的农家小院内，现在我看到的，却是扔在了路边。

豫让桥就在豫让槐的东南角几米的地下。大槐树后有一个小院，堆满了煤炭，院墙上钉着一块铁牌："豫让桥遗址"，落款是晋源区政府。据记载，豫让桥跨晋水北河的智伯渠，南北走向，砌勾栏围护，宽 9.2 米，长 5.2 米，呈扁形，原桥为明代所建。关于"赤桥"一名由来，《山西通志》说：初名豫让桥，宋太祖凿卧虎山，血流成河，更名。另一种说法是，当年晋国六卿之一的赵毋恤战胜智瑶，在渠上架桥，方便交通并以火克水，取名赤桥。

有学者指出，从地理位置上看，豫让桥应当是由古晋阳城出西郊后的第一座桥，应当是豫让离开其"市"（晋阳城）而赵襄子出城随后不久既可到达的同一个地方。就是说，由官道与智伯渠构成的大十字结构，决定了赤桥的空间布局，交会点就是豫让桥。

为了报答知己智伯，豫让首次潜入厕所刺杀赵襄子失败后，吞炭变声、生漆毁容的豫让以一个"新人"的陌生化造型，再次上路了。对于生养他的村庄而言，他，变成了"他者"。

走着、走着，他突然倒卧在复仇中途。

《吕氏春秋》说："赵襄子游于囿中，至于梁……梁下，豫让却寝，佯为死人"，欲刺仇敌赵襄子。"佯为死人"的豫让依然无法掩饰那凌厉的杀气。

一个人如何掩饰那自骨髓蒸腾而起的杀气？可以掩饰者，就定非侠士。

此树村里人称"豫让槐"，树高约六七米，树围近六米，是赤桥村树龄最长、树径最粗的古树，有人称为"唐槐"，但另有资料指出，其年龄逾两千岁，我估计接近晋祠中的最苍老的古槐树的树龄。站在古槐干枯的枝条下环顾，几条寂静的街道在冬阳下蛰伏，微风吹动坎坷不平的土路上的纸屑，参差错落的新旧房屋，静守着这片古老的土地。官道逶迤，向西边的山麓爬升，路边半堵矮墙后面掩藏着一片黯淡的琉璃，即使是浸满岁月的旧气，积雪提高了它抵御风寒的骨色，让我炫目。

从豫让古槐向两端望去，有小路曲弯穿行于民居宅院，那是智伯渠流经之地。据人探察，智伯渠今天还在。它只是被覆盖掩埋，逸出了常人的视野，因而保留了下来。村中还有一小段裸露的渠道，可以看出它的状态，与邻村一段曝于荒野田间的渠道相比，也可以感觉到蛰伏于地下的历史，因为迷路反而得以保全。安静躺在这条弯曲小路之下的智伯渠，钩稽着我的想象空间。

闻名遐迩的《晋祠志》作者刘大鹏（1857—1942）世居赤桥村，他在书里描述说："（赤）桥西有观音庙；东向，内肖豫让像。庙前壁有刘丽中先生午阳大书'古豫让桥'石刻，旁题邑令殷峄'豫让桥诗'。桥之四周皆民居，民多资晋水造作草纸，以遂其生。"这暗示所谓的豫让祠不过是依附观音的香火而生，那么，血脉偾张的豫让需要成为观音大士的"陪祀"吗？

哪里还有豫让塑像呢？我很失望。小院里有一个小土坎之上，是两间红砖平房，墙壁上钉有一块白色木牌，有挺阔的宋体和隶书："太原市文物保护单位——赤桥观音庙"，落款是"太原市人民政府二〇〇九年九月三十日"。刚才与我交谈的农妇见我虔诚，就打开了观音庙大门。天！里面堆满了废旧的农具、箩筐、粪勺子和一大堆脚手架，所有的光线来自靠墙左侧的一扇小窗户。

正对门的墙头，立有神龛，上边供香炉，香炉后放有黄纸糊的牌位，写有"观音老母之神位"。我看到粉墙上有漫漶的彩色壁画，从颜色鲜度而言，估计绘制的时间不会太久。

一侧身，我看见豫让了！

豫让塑像在左侧靠墙位置，泥塑，彩绘，头和右臂已经不翼而飞，脖子上仅有一根连接头颅的木桩，端坐于一方神台之上。左手向下虚按，挺胸凸肚，挽起的裤腿下是一双鼓筋暴涨的赤脚。从他挺直的身形而言，似乎成竹在胸，不过已经不像一个来自民间的刺客，而是摇身一变，成了位列仙班的神祇。也许，在民间传统的价值判断里，像豫让这样一个忠诚勇敢的人，应该享受到不一般的礼遇。但一旦礼遇，就只能让他充当观音护法的角色。虽然塑像已残，但小香炉的香灰似乎在说明，他的香火一直未断。看到我在鞠躬，农妇回家拿来了三炷香，我点燃，插入香炉。根据香炉的情形分析，肯定很久都无人上香了。

农妇对我说，这原来就是观音庙，豫让祠在偏屋，后来偏屋塌了，才把几尊神"请"到一起，一块搬进来的还有关老爷。

走出小庙，看到积雪堆满了屋顶，屋檐被压得高高翘起，我估计这危房怕不容易熬过这个冬天。我拍了几十张照片，农妇好奇滑入景框，我按动快门。她、皱纹、一地白雪和她的庙。她追着我问："什么时候再来，请把照片给我！"我答应，一定请人送来。

站在豫让槐下面，一个电光石火的意象飞驰而至：智伯却被韩、赵、魏三家攻灭，瓜分了领地，豫让逃到山里，思念智伯的好处，他尤其怨恨赵襄子把智伯的头颅做成漆器，盛了酒浆狂饮。这是天大的侮辱啊。为此，他发誓要为智伯报仇，行刺赵襄子。

"人头做酒杯，饮尽仇雠血"的古典复仇意象，在历史上频频举杯。不但用它来做盛酒器具，而且还可以用来诅咒，制伏别人。匈奴攻破月氏王之后，就用月氏王的头颅做酒器。宋理宗的光荣之头也被当作酒器。但可以说，赵襄子拿仇人智伯的脑袋做酒器，不但是意识形态仇恨学的始作俑者，而且也是中土"身体政治"的急先锋。

为了知己的头颅，豫让开始了复仇。

《公羊传·定公四年》："父不受诛，子复雠，可也。父受诛，子复雠，推刃之道也。"何休注："一往一来曰推刃。"由此形成一往一来的循环报复。"推刃"不已的豫让，早已化作厉鬼，不惜用右臂割下了自己的脑袋提着它黄夜而走。他的脑袋是灯笼。

他要去换回那个被酒灌得酩酊大醉的知己头颅吗？

我估计，他完成了夙愿。

所以，豫让的右臂和头颅，再也找不到回来的路了。

无刀也无头的豫让枯坐在此，他的左胸上长出了大片青苔。那扇距离他不到三尺的破窗户，北风呼啸，面对满屋子的废弃物，即便回来了，那头颅，如何找得到安身立命的所在？皮囊之累不但是当官不遂的古式文人的慨叹，恐怕也是心怀恩义的人，难以消受恩义钝刀割肉式的慢性，只能在"引刀成一快"的决绝中实现身心两忘。

所以，在黑暗的旷野，豫让的头颅像鬼火那样一去不回。

在豫让塑像前方，有一块清同治六年由里人刘午阳所书的"古豫让桥"石碑，静静躺在黑暗的角落。我借助打火机的暗火，看见石碑的一角上，题刻着清乾隆年间时任太原令的大文人殷峄所作的《豫让桥诗》："卧波虹影欲惊鸥，此地曾闻手椹仇。山雨往来时涨涸，岸花开落自春秋。智家鼎已三分裂，志士恩凭一剑酬。返照石栏如有字，二心臣子莫经由。"

站在槐树下，想起《吕氏春秋·序意》里，插入了一个颇有深意的人物：青荓。

青荓是赵襄子的陪乘，在桥边，襄子感到有人，就下命令说："去桥下看看，好像有歹徒。"青荓到桥下一看，原来是豫让躲在角落里躺着装死。豫让见青荓来了，就呵斥说："滚开！我还有事。"青荓忙说："打小我就和你相好，如今你要做大事，我要是说出来，就违背了交友之道；可是你要杀害我君主，我要是不说出来，就违反了为臣之道。看样子，我只有一死了之。"说完就退开几步，挥刀自杀。青荓并不是乐意死，而是更看重为臣的节操不能丢，更痛恨为友的情谊抛弃了。青荓和豫让，可以说是为朋友情义而死。

这些情这些义，可以烧开男人们的血，却很难让我们的身形在厄运变故中挺直，哪怕就是再坚持几分钟。但随着阅历增加，血液被世故与酒色所冲淡，到了永远无法蒸腾的心境，世故者说这就是古井不波境界，知识精英会嘲笑这样的愚行，他们骈四骊六地谈论着纸上的自由与幸福，珍爱生命最重要，在这个盛产纸张的村落，我绝不相信这样的自欺之谈。世故与学识很多时候就像堆积在豫让祠的积雪，除了压垮房屋，毫无用处。想到这里，我就很冷了。

出了赤桥村，夕阳像盛满血的膀胱悬在最高的槐树上。偶尔见几只乌鸦精怪的身影，几上几下，膀胱就破了，夕光恍如智伯渠的水，慢慢注满了炊烟四起的村庄。

北宋胡元任的《苕溪渔隐丛话》里，收有一个酒令：

"令"：鉏麑触槐，死作木边之鬼；
"答"：豫让吞炭，终为山下之灰。

我去年在写作侠义文化专著《复仇之书》时写过鉏麑，熟悉他的生平，这是一个春秋时的晋国力士。喜好仙鹤的晋灵公恼怒于大臣赵盾多次进谏，派鉏麑行刺赵盾。他深夜遁入赵府躲在槐树上，见赵盾盛服将朝，尚早，坐而假寐，不忍下手，退而叹曰："不忘恭敬，民之主也。贼民之主，不忠；弃君之命，不信。有一於此，不如死也。"触槐而死。可以说，鉏麑是中国历史上第一个以自杀来中止行刺、为正义而殉身的刺客。把这样的人与事用于划拳的酒令，他们可能是木边之鬼，但绝非山下之灰。这酒，男人们喝得就有豪气了吗？这些人即使往血管里添加火药，却从来不会为情义引爆自己，哪怕是走火一次，也是百年难遇。

所以说，酒，是水也。

鉏麑碰死在槐树上，而赤桥村至今能让我目睹旧迹的，依然是槐树。套用鲁夫子的箴言，"一棵是槐树，还有一棵也是槐树"。人总会死的，连石头也在风化和剥蚀，但槐树以纵贯三晋大地的深犁，低尺度地举起了一蓬黑血。读唐朝诗人胡曾《咏史诗·豫让桥》，中让我不禁回想起那从豫让桥突然飞起的杀气：

> 豫让酬恩岁已深，
> 高名不朽到如今。
> 年年桥上行人过，
> 谁有当时国士心？

白雪之下，那个自刎的复仇者已经不能说话。再没有比一心等待着失败的复仇者，更让时间绝望的了。那足可以使时间失去耐心的豫让，枯坐，无头，浑身扑满天光的尘埃，他的右臂提着自己的头颅在历史的背光处觇觎，完成他的诅咒。他剩下的身体，毫无牵挂，一心一意，等待庙宇垮下来……

桂蕊是闪电的香气

闪电是天眼的瞳仁

2013 年 6 月底，我随"名家写赣州"采风团穿行在赣南的白云、森林与红色丘陵之间。是夜下起了大暴雨，闪电的玻璃刀划开窗户，我无法入睡。诗人杨炼有诗句："白杨把闪电的根须钉入地下"，鲍尔吉·原野则有"夜空栽满闪电的树林"的妙句。在我看来，黑夜把所有山脊猛然抽走了，在天空竖立，沾满上帝掌纹的蛇蜕钻裂天空在寻找孩子；闪电纠结，拧出了最白的电，为那匹叫"五明骥"的马，镀银。

我去石城县之前，有颇多联想。我住在成都，多次去过金堂县的云顶山，山巅有一座南宋时期抗元的"宋城"，下锁沱江三峡，高峰突起，四面壁立，状如城垣，故名"石城山"。南宋军民在石城山抗击元军 15 年，曾作为成都府、潼川府、汉州治所，锁钥要地，意义非凡。石城县位于赣闽粤三省交界处，地踏武夷山余脉，以"四面环山，耸峙如城"得名，千百年前，饱受战乱之苦的中原人经江西南迁闽粤，石城不但是客家人的聚集地与中转站，而且是太平军多次血战的要津。

一个黄昏，当我进入石城县县城时，琴江的浩大水流把七级竹节钢鞭形的宝福塔推得更远，这座宋塔就像脊柱一样，成了石城一地龙血玄黄的隐喻。恰如西默斯·希尼所言：诗的肇端几乎总与一种晴空霹雳般的因素有关。

也许，正因为天与地被权力粘滞，需要一根撑杆，宝福塔就是一道历史降下的闪电。

稍后，我写了一首诗《闪电是天眼的瞳仁》：

暴雨湿透大水

狂奔的马群

把风剖成漫天的铜丝

土壤掏空了大地

豹子熄灭了梅花

暗夜抹黑了黑暗

直到利刃割伤了刀

通透的火彻底点燃了焰

蓝汪汪的长焰

举起一瓢灵湖之水

牦牛的身影是湖泊的支流

以背光的表情

把大地搬起来

竖直，再放倒

蓝焰的顶巅伸出小草

触雪即成大鸟

事物因背光而凌厉，半透明

那是大地在转身

带起的香气搅动花

背光不是灭火，也不是熄灯

背向的一翼嫩光四溢

在雨夜我偶见一个自刎者，横刀向天

脖颈崩断了刀刃

于是，闪电的瞳仁再次回到天上

"吉地"桂花屋

2013年6月，我刚刚完成三十余万字的长篇非虚构散文《一个晚清提督的踪迹史》的第12稿修订。我去了近20个县，熟悉太平天国翼王石达开在巴山蜀水的所有踪迹，我差不多看完了所有涉及太平军在西南一隅的历史材料。我到石城县，要急急踏访的，是著名的桂花屋——那是囚禁过太平天国幼天王洪天贵福以及干王洪仁玕、尊王刘庆汉、昭王黄文英、恤王洪仁政四王的所在地。

桂花屋居于商业楼群的重重包围中，它的飞檐与风火墙从周围的玻璃幕墙与霓虹广告间峭拔而起。它并不高敞，没有门楼，我计算着，那用24块青砖垒砌而成的6米白线高墙，就像一道历史的堤岸，把尘嚣与暑热阻挡于外。我看见镶嵌在青砖墙体间的红色砂岩门楣，正上方有"桂花屋"三个楷书字。透过石头门枋，有两棵翠绿的树，向门外荡出了腰肢。

讲解员非常年轻，她显然是在背诵一个固定的讲稿，对我说，这是两棵桂花树，也是桂花巷、桂花屋名称的由来。老树是金桂、银桂各一棵，已亡，这树为近年种植。但在30平方米的天井内，树显得有点纤弱，似乎支撑不起它的名头。

天气暴热游人极少，我得以从容打量桂花屋的格局。站在楼内用鹅卵石铺就的天井里，天空瓦蓝，长方形的天空边缘，马头墙探出了它刚硬的嘴喙，似乎在吸吮高天的露水。燕子乱弹的墨线不断扰乱牧放的云朵，更高的天上乌云悄然展翅……在时光冲刷之下，遥远的往昔无色无味，类似符号学家罗兰·巴尔特笔下的"所指"——它空洞无物，仅仅是一个概念；但一片千年陈迹却顽强散发砖石泥土的特有味道；更近一点，比如置身于已有160年历史的桂花屋的斗拱遗构之下，深吸一口即五内奔涌，确有一股触手可及的沧桑。这种感觉的纵深与时光成反比——面对只有名义关系的先祖牌位，与面对自己父辈的坟茔，感情的淡浓之别，恰在于斯。

石城县乃客家人祖居地，他省之人提到客家，首先联想到的一般是圆形城堡式的土楼——这分明是"第一印象"的作祟。石城县的客家民居多为"围屋"，即便是闽西的民居土楼，也只盛行于永定以及南靖县等地，其他地区的民居均流行府第式民居。赣南的围屋主要分布于安远和龙南等县，其余各县都流行府第式民居。可见，府第式民居实为赣南民居的精髓，也是整个赣闽粤客家民居的主要形式。讲解员告诉我，桂花屋无疑是石城县最有代表性的客家府第式民居。

桂花屋为砖木结构，占地面积约1300平方米，共有9井18厅，房屋90余间，外以青砖砌墙，高约6米，屋内雕梁画栋，极尽精美。屋顶为弧形构造，椽子被排列成波浪形，下以青砖铺平，上方盖瓦，颇为奇特。这就是房屋创建人黄性存花费14年心血完成的杰作。现房屋墙壁上可见模印有"黄性存砖"和"大盛性记"字样的铭文小砖。

又据侧门"永怀"题额落款是"咸丰辛亥年"，可以得知建于清咸丰元年即公元1851年。桂花屋在《黄氏族谱》及地方志里无记载，但口口相传中，黄性存乃石城巨商，这从它南邻旧县衙、东靠熊家祠堂和黄氏宗祠、北拒宽阔的深水塘的位置就可以发现，这不但是贵地，还是一块风水宝地。相传那年系甲子，黄性存深信易学，因甲子辰属水，水生木，大利东方；而南方因丙丁火水克火不利南方，因此只开东大门而将正门——南大门封闭。

关于石城县与太平天国，人们总结出种种"暗合"，诸如：桂花屋兴建于1851年，太平天国起义也在1851年；桂花屋落成于1864年，太平天国也终结于1864年；太平天国建都的南京别名石头城，其终结地在石城；太平天国起义地在广西桂平，暗含"双桂"，洪天贵福落难的桂花屋内植双桂……

而人们未必知道的，服毒自尽的洪秀全尸体就埋在天王府内御林苑假山附近一棵桂花树下。严谨的曾国藩是务实的，他带领曾国荃等一行人赶到御林苑，御林苑早成废墟，作为消息树的桂花树不见了踪影。据说有宫女奋勇前来指认，官方找到了桂花树原址，令士兵开挖。这时，天王宫上空突然乌云翻滚……

洪天贵福未能洪福齐天

能够活捉洪天贵福，计谋出自陈宝箴，他是历史大家陈寅恪的祖父。

1860年，参加会试的落榜举人陈宝箴无心继续恋战功名，一心回到家乡继父之志办团练。不久受湖南人郭嵩焘举荐，陈宝箴投靠年长自己 20 岁的曾国藩。曾国藩久闻其名，视为"国内奇士"，待若上宾，并赠一副对联："万户春风为子寿，半杯浊酒待君温"，足见款款情义。后因湘军名将席宝田力邀，加上陈宝箴也想做实事，便到席宝田帐下做幕宾。1864 年，天朝首府天京被攻克，幼天王及洪仁玕等出逃江西。陈宝箴预测幼天王等一定会继续往福建逃亡，便建议席宝田派兵到广昌、石城间的杨家牌设伏。依计而行的席宝田部果然顺利俘获了洪仁玕等人。当时桂花屋刚刚建成，高堂深院富丽堂皇，因此席宝田征作帅府，他住在桂花屋的上厅两侧的黄家祠和熊家的兵营。"四王"均关押于桂花屋，但唯有幼天王尚逸于天网之外。

洪天贵福是如何被抓获的呢？

当地相传的是，杨家牌血战后，养尊处优的幼天王与侍从走失，他独自乱走，竟然走了回头路，来到广昌县的唐坊村。遇村中一位唐姓老者，他称姓张，湖北人。老人见他年少，文质彬彬，予以收留，帮老人做点农活。老者认为他的长发不便劳动，要剪去头发。幼天王觉得老人可亲，便将实情和盘托出。老人惊恐万分，立即将他遣走。幼天王又往石城方向走，据说他一路"机智地躲开清军和暗哨盘问"。

这天来到石城县城南郊的珠坑乡蜈蚣坑。他双足溃肿，步履滞重，遇到太平军旧卒"温尿桶"，彼此都磕头如捣蒜，他立即躲藏进"温尿桶"家的地窖。惊魂初定，他乡遇故知，被洪秀全《天父诗》熏陶出来的诗歌瘾不合时宜地发作了，他技痒难耐，竟然开始了墙壁题诗的"明志"之举。席宝田的奸细很快发现大字不识的"温尿桶"家的粉墙上出现了"反动标语"，按图索骥，幼天王在农历九月二十三日被捕，押往桂花屋。

石城县流传着另外一个更为生动地说法：失散后，幼天王只身潜入县城邓秀群邓裁缝家当牧童。一天，邓裁缝看见自己曾收留的一个太平军马夫诚惶诚恐地向这个初来乍到的小孩行下跪之礼。裁缝不解了，遂盘问这个毛孩子。知道真相后，邓裁缝当即到县府告发。据《石田邓氏六修谱之名爵类考》记载，邓秀群因功赏以五品蓝翎，晋四品知府衔。

幼天王在石城被捕过程尚有另外版本。就这两个版本而言，我更相信"自古英雄出屠沽"古训黑铁一般的分量，那敢于两肋插刀、救人危难之辈，从来就不是想钱的人，自然了，更不是读书人。

洪天贵福于天历同年九月十三日，即夏历九月二十五日，公历1864年10月25日被俘！

查《近代史资料》第五卷《太平天国专卷》(原载《近代史资料》总92号)，记载了洪仁玕的两份数千字的《自述》，均"在席宝田军营问供"，可见，民间传说他们在桂花屋书写供词是可信的。

洪天贵福在《自述》里，提到了自己在石城县狼奔豕突期间的两个亲历"奇迹"：

其一是：他独自在山上饿了4天，几乎要自杀。半醒半睡时分，一个白衣人飘然而至，给了他一块面饼，他胡乱吃了，决定跟着白衣人走。哪知白衣人已经不见。他没有猜测白衣人是谁。是上帝显灵吗？堪可玩味。

其二是：眼见被官军包围，上天无路，入地无门，他与几十个士兵滚入了水坑。士兵逐一被擒，但他竟然没有被发现。同样，他也没有妄自揣测这一障眼法的奇迹缘由。

讲解员带我到桂花屋前院。由于我的反复问询，打破砂锅问到底，她显然左支右绌，干脆和盘托出，把用作"讲解词"的《桂花屋陈列大纲》送给了我。她只有这一份，上面画满了符号与注解，可见她工作认真。这份出自石城县博物馆韩振飞、刘劲峰、龙年海先生之手的《桂花屋陈列大纲》指出，当时，幼天王囚于前院西侧花厅，洪仁玕等囚于东厢房里。花厅隔成正、侧两室，侧室为其卧室，正室为幼天王开笔写《自述》之处。

我在狭窄的走廊徘徊，怀想这个娃娃皇帝面临的绝境。县博物馆顺势利导为他塑了一尊像，高达 1.80 米，穿着打扮就不说了，但是那个长相，高鼻深目，皮肤漂白，十分欧化，这分明是洋人笔下的李秀成画像的翻版，哪里还有半点客家人粗犷、坚韧的影子?!

西花厅侧室内置放有一块铭牌：用中、英文标明"幼天王囚室"，两根条凳上放着门板、铺着稻草席子，一桌一椅，似乎就是牢房了。但这样的设置，与那时堂皇的、簇新的桂花屋相般配么？这比农家还要简陋啊。想一想吧，翼王石达开被俘后，也是好酒好肉招待，他和儿子石定忠是安然乘坐八人大轿几百里进入成都的。官府怕什么？怕在受审之前出意外，比如自杀！

赣州市博物馆万幼楠先生在《桂花屋与幼天王蒙难调查》里记载了他的田野考察：花厅曾经的房东黄乾仲回忆说，原侧室南面粉壁上有幼天王的题诗："有志攘夷愿未酬，七星苗格得难侔。足跟踏破山云路，眼底空悬海月秋。"（我引用的诗句以王庆成辑录的第一手史料为准，与当地抄录的诗句有出入）1950 年时节，房主曾向来石城访问太平天国史料的外地工作者提供过这首诗，后来居住者装饰房子时被铲盖掉。在我看来，幼天王根本写不出这样的诗，不但他写不出，他老子的那些顺口溜与此对比也是望尘莫及。一个半大孩子，从小受着严厉的畸形教育，不准看古书（那叫"妖书"），只能读"天主教的书"。但他后来承认，偷看过《史记》等，显然，他并没有在义气深重的《史记》里领略到半丝血性。加之四体不勤五谷不分，他何来忧患？何来抱负？我看着墙上悬挂的诗歌复制件，书法遒劲而沉郁，这就更不可能是出自一个半大孩子之手了。

著名学者王庆成辑校了《洪天贵福亲书自述、诗句》等数篇涉及石城县被俘的太平天国诸王史料，其中《洪仁玕亲书自述、诗句》指出，此诗供 3 首，出自洪仁玕手笔（庄建平主编《近代史资料文库》，第五卷，上海书店出版社 2009 年 1 月版，19 页）。在我看来，说是绝句吧，结尾之处语气游离，似未终结；显然又不是律诗。也许，被天国誉为"文曲星"的洪仁玕不过是展示心境而已。但向席宝田表明"无颜偷生片刻"的洪仁玕，如此气韵非其莫属。

"五王"在华丽的桂花屋中到底写了些什么？仅仅是敷衍吗？

洪仁玕在《自述》里称："（伪）天王的儿子名贵福，诞生时有群鸟集于屋上飞鸣数日，众人皆知。伪天王因要把儿子取名，小的就预写纸条多张于筒内，用筷钳起，得天贵二字，伪天王不知何意，改取贵福二字。"

幼天王《自述》称："自少名洪天贵，数年前老天王叫我加个福字，就名洪天贵福……我父亲平日常食生冷，自到南京后以蜈蚣为美味，用油煎食。我父亲不吃猪肉的，并不准众人吃酒……所以从前我只吃牛肉，不吃猪肉。如今也吃猪肉并常吃酒。那洪仁玕是好吃酒的……天朝内有一青鹦鹉，所住是银笼，他会讲话。鹦鹉唱云：亚父山河，永永崽坐，永永阔阔扶崽坐。"

"崽崽"在此！现在呆坐在桂花屋西花厅内，他偶尔在天井徘徊，但与另外几个王的见面被严格禁止。他身材不高，他的身形被桂花的香气包围，深吸一口，甜腻的风立即溃散心神，他在浓得化不开的回忆中黯然神伤。青鹦鹉早已灰飞烟灭，跟着鹦鹉"学舌"的人，依靠一种吮痈舐痔的口技功夫来换取宠幸，却让幼天王封为神示。他在纸上深情怀念着那个"鸟兽翔舞，箫韶九成，凤凰来仪，百兽率舞"的权力神话，他觉得，大不了，自己就不"坐"那个烫屁股的宝座了。

洪秀全在洪天贵福 9 岁时就给他 4 个妻子，其中还有一对亲姐妹，就不准他同母亲姐妹见面，做了《十救诗》令他熟读，解说男女隔别不准见面、包括老祖母不能与小孙子见面的"天理"。此"十救诗"太平天国有刻本，幼天王是熟读的，在被俘囚禁中还默写过这些诗句。

"五王"在桂花屋关押了二十余日，临行去南昌府之前，洪天贵福吟了一首诗："战鼓咚咚响，西山日影斜。黄泉无旅店，不知宿谁家。"看看吧，这应该才是他的口吻。

那是一个秋夜，赣南的山水在逆风中翻转出事物背光的一面，让那些暗无天日的念头在日光之下，突然发现自己从来就不认识自己，一如王小妮所言："月光在深夜里照出了一切的骨头"。

翦割之秋

很不幸，洪天贵福没有机会亲历第三次"奇迹"了。

如果洪天贵福也算皇帝，那他就是中国历史上第一个被凌迟的皇帝。

洪天贵福全无基本生活常识。他承认：自己"从来没有出过城门。"他竟然在审讯期间说出这样的话："我有四个老婆，现在我不要妻，二十岁再要。"还在想二十岁的事，我的天！想来审讯者也会忍俊不禁。他们离开石城县时，桂花屋的金桂与银桂，应该刚刚过了花期，干枯的桂蕊还拒绝凋落。那是 1864 年 10 月下旬，赣南的天气清爽而明净，大雁成行，写孤独的"人"字。

他想到过埋在桂花树下的父亲吗？

他想到过那个叫石敢当的翼王吗？

那个叫"石敢当"的人，一年前的夏天已在四川成都科甲巷辕门前被杀，他足足承受了 120 刀，持续三个时辰，意识清醒，没有说一个字。洪家父子在诗歌里没有涉及"桂花"，但翼王不但写到了，他还摘了一支桂花，闻了好久。

当年，梁启超在《饮冰室合集》中收录了五首石达开遗诗，尽管知是伪作，那又何妨！因为梁启超认为："太平翼王石达开，其用兵之才尽人知之，而不知其娴于文学也。近友人传诵其诗五章，盖曾文正曾召降彼，而彼赋此以答也。"梁启超固然知道这是"伪作"，但"即以诗论，亦不愧作者之林。"

> 留摘芹香入泮宫，更探桂蕊乘秋风，
> 少年落拓云中鹤，陈迹飘零雪里鸿；
> 声价敢云空冀北，文章早已遍江东，
> 儒林异代应知我，只合名山一卷终。

我之所以选择这一首，乃是诗作涉及桂花。

在四川古蔺县通往泸州的古驿道上，桂花乡因为盛产桂花，被称为"桂花场"。1862年深秋，石达开在横江大战后，流落于桂花场，写下了"戡乱无穷第一穷，英雄作事总成空。久攻上垣旗帜白，百战中原血剑红。眼见鱼深头盔血，手携降表谢残从。兴亡必意观天色，一局棋盘半局空"的诗句。石达开意犹未尽，还书写一字，那就是镌刻于悬崖石壁的巨型"福"字。

石达开固然无福消受，他毕竟深受当地百姓爱戴，他"舍命救三军"的目标部分实现，他救了四千多子弟兵，关于他的传说就像桂花树一样遍及巴山蜀水；而洪天贵福，永远没有那个福气了。

出于强烈求生之心，11月3日在江西巡抚衙门受审时，洪天贵福反复为己开脱，涕泗交流："那打江山的事都是老天王做的，与我无干。就是我登极后，也都是干王、忠王他们做的。广东地方不好，我也不愿回去了。我只愿跟唐老爷到湖南读书，想进秀才的。是实。"话语里流露出幼稚，并夹杂十足的奴颜，可见这个天朝的天子，所有骨头早被天朝抽走了，他不是闪电，他摊倒委地，是"穿黄胄的泥"。

洪天贵福在桂花屋以及南昌写的系列《自述》，我在此地未见影印件，到是后来在广东花县的大布乡官禄布村洪秀全故居，我见到了《自述》当中的一份复印件（落款时间为甲子年九月二十七日）。16 岁的半大娃娃，拼命颂扬看守唐家桐：

老爷见识高，

世世辅清朝；

文臣兼武将，

英雄盖世豪。

为进一步剖肝沥胆，1864 年 11 月 17 日凌晨，洪天贵福又写了三首诗送给他心目中的救命稻草唐家桐。唐家桐不过是席宝田军中的区区一介"训导"，因为态度和善，深得幼天王"信任"。诗的题签为"右送唐家桐哥哥诗三首"，末署"甲子年十月初四日夜五更"，都五更天了，洪天贵福还在渴念"清朝皇帝万万岁"！他应该知道诗歌换不来功名，不过是想借诗明志，保住好头颅。读罢辛酸万状，不禁冷泪长流：

跟到长毛心难开，东飞西跑多险危。

如今跟哥归家日，回去读书考秀才。

如今我不做长毛，一心一德辅清朝。

清朝皇帝万万岁，乱臣贼子总难跑。

如今跟到唐哥哥，惟有尽弟道恭和。

多感哥哥厚恩德，喜谢哥恩再三多。

一天后，天历十月初六日，夏历十月二十日，即公历 1864 年 11 月 18 日，他在监狱里将上述三首诗又重写了一遍。但墨迹未干，就被绑赴市曹，处以凌迟。几天后的 23 日，洪仁玕等人被凌迟……

那是一个时代的衙割之秋，除了李秀成被一刀毙命之外（他的卓然才识，乃至他劝曾国藩当皇帝的进言，起了巨大作用），所有太平天国被活捉的诸王，均未躲过国家凌迟的利刃。富有深意的是，1863 年 6 月 27 日，密云不雨的中午，翼王石达开与宰辅曾仕和、中丞黄再忠、恩丞相韦普成四人同时受难于成都科甲巷时，在官府在对凌迟工艺进一步细化的谱系中，曾国藩以及亲信的贡献不亚于他为后世提供的"为官心得"和处事箴言。这个温文尔雅、吃透了传统文化的大儒，对凌迟来了个芝麻开花节节高，就是在割去受刑者的肉以后，还要撒上几把盐！而骆秉章在这条血肉之路上再出老谋深算之奇计——割开身体之后，用烙铁再细细烫一遍创口！不然犯人死得太快了，缺乏看点。这个改良主义的设计，首批试验者就是石达开一行。（见鄂华《石达开死亡真相考》，刊于《历史研究》1987 年 5 期）如果说，曾国藩的改革是为了加剧受难者疼痛以泄心中的大怒火，那么，骆秉章的改良就是为了延续受刑者的痛苦——防止因失血过快而死亡，使得受刑过程变得过于单调，缺乏高潮和结尾！

人子的血，在乌云的俯视下尽情漫漶，这是对乌云的"描红作业"。它与那种阳光为乌云镶出一道金边美景的不同之处是，血的闪电踪迹宛如一个胴体的彻底摊开，贴地而飞的红金箔，在乌暗的大地上，构成了"天狗吞日"的异相。那被黑暗染黑的血液，反射着天上的一幕：太阳为蘸满污血的刀，镶出了一道轻浮的蕾丝花边儿。但被骨头撞碎了一块的刀刃漏出了金属的底色，那才是一具模糊的血肉所能达到的最高巅！

对石达开执行凌迟的刽子手叫余宝，乃是60年前凌迟起义军领袖冉天元的刽子手段一刀的徒孙，他师出名门，刀法精熟，下午时分也觉得有点疲倦了。他大汗淋漓，热汗冷汗交替而下。骆秉章一脸病容，熬了这么长时间，觉得也差不多了。挥手吩咐，叫他去查看已成一团烂肉的石达开是否已经死亡。余宝上前，用刀尖挑起石达开耷拉在眼睛上的头皮！那是凌迟的第一刀，就是把天灵盖发迹至眉毛的头皮割开，拉下来盖住受刑者的眼睛。突然，他看到了一个发亮的东西，在血水里燃烧，那是石达开的眼珠。石达开双目的闪电，亮得足可以熔化世界的刃口。

这就像鲁迅在《故事新编·奔月》里对"羿"的描写："身子是岩石一般挺立着，眼光直射，闪闪如岩下电。"

这是空前的一击，余宝毫无防备，他激灵，一地的液体好像是从他脚底漏出来的，他像一个空壳，料峭的冷意把他定在石达开的血肉前。那把听话得像手指头一样的小刀，被一股无形的杀气生生剁断，当的一声掉在地面垫脚石上，反跳起来插入他的脚背……

时间，在刀子反弹起来的一瞬被割裂，被撕开，露出了道袍下的黑。骆秉章与众人惊愕莫名，余宝顿失心窍，突然脱掉衣服，向门外冲去……从此状如疯魔。他迅速被体制抛弃，后来成为乞丐，成天在府南河旁边哀号："我有罪，我有罪啊……"二月以后，刽子手余宝饿死于路旁。

清末文人费行简在他回忆与乃父谈话的《石达开在川陷敌及其被害的事实》一文里记载说：骆秉章在审问石达开时，曾提及石定忠："现你带来之幼子，听说很聪明，你尽管放心，我决不准谁加害。"这番对话的真假很难说，但文章里有一段记载最让我心颤——

翼王就义之后，定忠自不见其父，日夜啼哭，由杨重雅建议，以布包石灰堵口鼻压毙之。未毙前禁卒谢福以实告之。

　　他问："我死可见父乎？"

　　谢说："正好见于天上。"

　　他遂破涕为笑。

　　…………

　　石定忠闭目，伸开小手去迎天上的闪电。

　　16岁的洪天贵福，这个被天朝苦心打造、培养出来的天之骄子，在5岁的石定忠面前，的确是长不大的娃娃啊。

　　洪天贵福死无葬身之地，但石定忠有。经历史学家任乃强在20世纪40年代的考证，他就埋在我供职的成都日报社区域内，此地原为庆云塘。那里有一棵几百年的大银杏，被几棵桂花树簇拥，我时常去看他。

　　是夜，又是大暴雨。我呆坐在石城县宾馆的窗前，狂饮黑夜。远望着静泊于夜色深处的桂花屋，它像一个打铁的砧板，成了旷达琴江之上一个拒绝发光的琴码。我再次回到了闪电叙事。出生在罗马尼亚的诗人齐奥朗在《眼泪与圣徒》里说："生命是一种酩酊状态，间或被怀疑的闪电划破。大多数普通人已经烂醉如泥。若有人独醒其间，会连气都不敢喘。"这，就是我的现状吗？

　　布罗茨基在《波罗乃兹舞曲：一种变体》里说："假如你侧身而卧，梦便会闪电般从墙中／飞出，仿佛童话里的那些武士向东奔去，／穿过你的院子，然后从高耸的大麻中突围。／他们的锁子甲仍然无法遮掩那褴褛衣衫，／不过，他们相貌相同，而你仅仅被钩住一次，／就让一个军队从你的垫子上通过。"于是，我侧卧，等待着穿墙而出的闪电升起，为天空命名。闪电会伸出金钩铁划的桂花枝条，才能赋予那团沉默以青筋暴起的血脉；只是现在，闪电伸出了细弱的镊子，拨亮灯芯那样，扶正了桂花屋马头墙顶的青草，以及乱颤的树枝。

三只鸽子与三只鹧鸪

　　2010 年初夏时节，我陪同批评家朱大可、张闳以及山东音像出版社社长王少元去位于大邑县的建川博物馆聚落参观，他们对其中的"文革"生活馆、知青馆看得最为仔细。在博物馆尚未正式对外开放时，我曾到樊建川堆积了上千万件文物的仓库里见识过不少宝贝。如今，旗帜、袖章、瓷盆、军用水壶、手捧红宝书的英雄照、决心书、检举信、日记、瓷器、打谷机、农药喷雾器、电子管收音机等等在玻璃罩与红丝绒、聚光灯的衬托下显得遥远而整饬。身穿山寨版灰色军装的讲解员波涛汹涌地背诵台词，硬生生要我们冲回到那个壮怀激烈的年代。

　　镇馆之宝是一只"斗鸭瓶"，花瓶高约二尺，属于典型的景德镇粉彩技艺，瓶沿口和瓶底一片空白。瓶身正面，用绝大面积，描述了上山下乡知识青年六女一男批斗鸭子的场面。参会者面带微笑，指指点点。主角是一只鸭子，张口高叫，振翅欲飞。但绑缚双脚的粗大绳索粗大得不成比例，就是吊起一个成人也是轻而易举。绳子不仅仅是地心吸引力作用下的张力表现，而是体现了"拧成一股绳"的意气指向，以及鸭子被正义之绳悬滞于松树枝之上的示众意义。不少作家在"斗鸭瓶"上的题词，他们以留言的方式浓墨重彩进入了历史——舒乙：最庄严的闹剧；张贤亮：笑出眼泪；邓贤：我如其鸭；冯骥才：别笑，这是我们一代的真实；流沙河：做人也太难了；魏明伦：一人得道，鸡鸭遭殃；林斤澜：打鸭子上吊；周梅森：混仗（账）历史；陈建功：谁人不鸭？

政治家亨利·基辛格在谈到他卸任国务卿的数次"告别典礼"时总结道："天哪！一只跛脚的鸭子还能唱几支天鹅绝唱？"鸭子固然无法再唱天鹅之歌，但观赏鸭子的人，却是在大唱不已。

我们一言不发退出来，朱大可一脸肃然，深叹了一口气。在苍绿色的主体建筑下，我们看到了汶川大地震中那头名声大振的"猪坚强"，躺在一旁哼哼哼，营养太过，怕是有五六百斤重吧。这，也是展品？！

在博物馆拿到一份知青文化手册，由此知道中国最大的一家综合性知青博物馆在黑河市，可惜一直无缘拜识。这两年我先后采访过聂卫平、濮存昕等人，在他们的表述里，那片辽阔的黑土地就是他们的再生父母。这次我参加"中国著名作家黑河行"采风活动，恰有走进知青博物馆的安排。

2013年7月10日下午，我们参观完瑷珲镇江边古城遗址，便上了通往逊克县的边境公路，几分钟路程，我看到了白云之下的知青博物馆。对即将见到的一切，我不会感到意外。但骄阳似火，将博物馆橙红色的外墙进一步点亮，一如浴火的玫瑰。

从渊源上看，瑷珲镇的知青博物馆于2008年8月10日落成，要早于建川博物馆的知青馆，而且规模更大，投资近七亿元，达到九万余平方米；前者以展示北大荒一百八十五万知青的人与事为主，这与后者组成了一个富有深意的南北知青文化呼应体系，共构出一段同时异地的"青纱帐—甘蔗林"红色叙事。凡是石头总要说话，凡是有耳者必须聆听。透过一望无际的黑土，黑暗中的人迹一如蓄势待久的种子，它要打开眼睛。

也许是来了一批作家，知青出身的馆长刘树新攘臂向前，全身披挂上阵。他体格精悍，声震屋瓦，忘情讲述知青故事。由于提高了嗓音，他的声音从麦克风里冲决而出，一如田埂在雨季坍塌，那么，那些晃动在画像中的手挽手的"抗洪图"，就具有了供我想象赋形的空间。也许，最能切合这一语境的绘画，恰恰是悬挂在墙的刘孔喜等画家的写实主义作品。

我没有跟着馆长的语流行进，而是自己穿行于往事之中。展出共有六大主题：共赴北大荒、闪光的青春、浴火凤凰、苦涩的记忆、大潮落去、两地情。展馆的主要形式除版面文字、图片外，还有图画、场景、雕塑、文物。而它的文字解说，只是勾勒本事，不动声色，恰是史家的熨帖之处。

在这里，我看到了激流里高举手臂的上海知青烈士金训华。当年此画出自陈逸飞之手，现在的巨幅作品由洛杉矶加州大学终身教授、美国宝尔博物馆顾问徐纯中根据原作复原。

在这里，我看到了激流里高举手臂的天津知青烈士张勇。

当然，也看到了学习毛主席著作积极分子、上海知青李治坚，她挑水不慎落入水井牺牲，当年才十九岁。

这样的往事在我的小学课本里、在街坊邻居中、在我的亲属间一直绵延而漫漶，甚至成为麇集一个家族的核心记忆。儿时与我最亲热的邻居大哥，就因为野蘑菇中毒而长眠在云南那片红壤。

我努力复原着那个背景：春耕之后，水桶、粪桶的功用已得到彰显，空桶如掏空的身体，高悬于爱的低处，无风自动。作为偷窥者，土地最欢愉的时候，恰是人民的轮休期。他在休耕。他的土地举起悲哀的手。绿苔荡漾，将树叶的火光尽力吸允。他将再一次被犁铧剖开，让土地深处的火星结成庄稼叶片的夜露。星斗在上，事物的律令让悲哀无边而平躺……

就在徐纯中雕塑的金训华铜像旁边，悬挂有一幅四尺见方的版画：在一片绿出泪水的乌托邦色调里，一对青年男女和两只白鸽，抢人眼目。

这是一个关于"鸽子"的叙事：女知青病了，男知青为她杀了心爱的宠物，将一对鸽子炖好。他送到女朋友床边，刚吃了几口，听到了上工的钟声，他赶紧把锅盖上，藏在炕洞里。晚上收工后，两人躲在屋里又偷偷吃起来。半夜里两人肚子剧痛，被送到场部医院，女知青经抢救无效死亡。男青年哭喊着："是我害了她啊！我一口肉没吃，全放到她的碗里了……"

在极端年代的语法里，鸽子、雄鹰、海燕等是得到许可的革命飞禽。《聊斋志异》中的《鸽异》，叙说的是一段人的灵魂赋形于鸽子的异情，那个把灵异的白鸽子吃下肚的官员竟然无恙，岂非咄咄怪事？！我想，知青的鸽子也许带有细菌，也许女知青本有严重疾病，鸽子仅仅是诱因，也许是亚硝酸中毒……这些推论在一个生命面前变得不重要了，重要的是她死于非命。而且死于卿卿我我的"小资产阶级"风格的小灶。鸽子总是隐喻希望，《创世记》里讲过第一只鸽子和第二只鸽子的故事，第二只鸽子为诺亚方舟带回了橄榄枝，那么，诺亚又放出去的第三只鸽子的结局呢？在历史的沉默之处，茨威格回答了这个千古之谜：它留恋洪水退去后的世界而成了"不忠实的信徒"，它飞过"不计其数的光阴"，定居在一个可以做梦的森林。终于有一天，第三只鸽子被人类的钢铁机器震醒，被那吐着火焰的怪物吓坏，它重新回到天空，发现"世界正不断被火海吞噬"，就像当初被洪水吞没的时空一样。它不断飞翔，可惜已经看不到希望……这一对可怜的汉语的鸽子，却没能带回乌托邦的奇迹。而这一对情侣，难道不是广阔天地大熔炉里的鸽子吗？在我眼里，一对鸽子与一对情侣的双重叙事，进一步加剧了本体与喻体的漫漶，直至合二为一。我注意到，金训华黄铜塑像的眼角余光，刚好可以看到这幅作品，他与画中男女，构成了一个锐利的三角形，那两只白鸽子，刚好可以从金训华的眉弓上歇息，飞离。金训华深蹙浓眉，他的胸像没有双臂，他无助地目睹，他的手在洪水里打捞集体的圆木电线杆，手被激流带走了。

多年以后，作家贾宏图把这一鸽子叙事写到了作品里，他提到那个男知青叫孟凡，自此喜欢唱《鸽子》这首歌——

> 亲爱的姑娘靠在我的身旁，
> 亲爱的我愿意随你一同远航，
> 像一只鸽子在海上自由地飞翔，
> 跟着你的航船在海上乘风破浪。
> 亲爱的小鸽子啊，
> 请你来到我的身旁，
> 我们飞过蓝色海洋，
> 飞向遥远的地方……

可惜我头脑里回响起的旋律，却是另外一首叫《飞翔吧，鸽子》的女声独唱："风啊考验过你的意志，雨啊冲刷过你的翅膀，飞吧飞吧我心爱的鸽子，风雨里你无比坚强……"如此脆弱的鸽子怎么在暴风雨里完成飞鸽传书啊？这应该是雄鹰、大鹏的职责。我再次回首，端详那幅《两只鸽子》的版画，突然联想起意大利未来主义代表诗人翁加雷蒂的代表作，似乎就预示了我应该再度隐喻的必要："我倾听再度洪水中的那只鸽子"，终结洪水的并非那只鸽子。它来了，它看见，它说出。

我顺着展板逡巡，看到了不少感人至深的爱情写实记录，比如上海知青刘行军：

> 知青刘行军以前在黑龙江德都县插队当"赤脚医生"。赶马车的老王头的闺女王亚文那年十七岁，日子一长，两人有感情了，一吻定情。1977年，刘行军上大学。三年后，刘写信说分手。王亚文大病一场。她去了照相馆，穿了婚纱，用"上海站"作背景，拍了一张照片，常伴身边。
>
> 当刘行军国外离婚回到上海，已经是他离开王亚文十八年了。听说王亚文还等着自己，他去东北，走进老王头家，号啕痛哭，接王亚文到上海。1994年，两人终于结婚。

类似的奇迹在英国也有，主角是汉弗莱斯与布吕埃特，他们更为坎坷，跨越了七十年恋情才圆满了姻缘。我从不怀疑这类记载的真实性。他们是世上的盐，更是世上的光。但我也不会以此作为圭臬来评价现在的婚姻流水，问题要复杂一些。因为在这些光辉的个案之下，有太多暗哑的放弃与漠然，跟随生活之流的跌宕与消沉。记得有一年我到宜宾市珙县洛表镇去参观僰人悬棺，路边我突然听到了熟悉的乡音，大声叫卖熟苞谷。一问，原来是我家乡落户的知青，他看上去要比实际年龄老出十几岁，一脸皱纹，已经严重僰人化。他对家乡的城市街道记忆停留在七十年代，那天，我买下了他那一筐无人问津的熟玉米。

馆长刘树新告诉大家，正是这个故事，让他进一步关注知青的历史，并萌生筹建一个博物馆的初衷。

沉默者将所有的梦蜷缩如种子，将所有的锈在农具的刃口打开，金蝉的叫声高张艳帜，只要它们尚未被厄运磨灭，那就无须回到土地与熔炉。它们在那里，运行如云的命运，就可能看到大地上的阴影，终于在木桶最短的那一块木片凹陷处，出现了黎明的创口！

博物馆里没有空调，激情的空气已经汗湿重衣，我出来透口气。大院里停放着几台"东方红"链式拖拉机和知青使用、修理过的火车头，它们日晒雨淋，锈迹斑斑，进一步加剧了时光的威力。伸手摸了一下，沉默的机器吃足了热力，逼得人难以靠近。我看见一个老人躺在侧门的台阶上，旁边还有一个很大的行李袋。他在假寐，蚊子不时把他拉回现实，他不得不挥手，不得不双手合十，看上去像在热烈鼓掌。唯一的小卖部生意冷清，老板打量着我，递给我一瓶水，说，那个老人是知青，在这里躺了很多天了。他说是自己的知青朋友就死在黑河，他退休了，就常到这里……

老人一直背对大门，我看不到他的表情。蚊子一直在袭扰他，他不得不蜷缩身子，越来越小，金刀大马的行李袋反而像是主角儿。

我回到展厅，看到了众多知青出身的作家肖像，也有风度翩翩的邓贤，以及他们出版的大量著作版本，气势不亚于现代文学馆的陈列。

现在，续接一下一直沉默的朱大可。那次我和他在茶馆落座后，他说，毫无疑问，从伤痕文学、知青文学到右派文学，中国当代文学的苦难叙事，最终没有被引向忏悔，而是转换成了对弃儿对母亲（父亲）的泣诉和乞恩。一旦有新的恩泽降临，一切苦难记忆便烟消云散，受难者从失乐园回到了新乐园。这场广泛的泣诉运动，滋养了大批寄养在作协母亲麾下的"文学啃老族"，领受从奖金到荣誉的各种恩泽。中国当代文学的最大失败，就是没有整体地发育出独立、自由和深刻的写作人格。

问题是否有他说的这般严重？力推中国知青文学的出版家岳建一以及知名的《中国知青文学史》作者杨健教授，2011年秋季，我、邓贤曾分别与之进行过一次深谈。

按照杨健的划分，知青文学的第五阶段（1990—1998），是后新时期的知青文学。在主流话语衰变和知识分子话语成长的背景下，知青群体内部形成"知青学人"和"知青作家"两个文化群体，"私人叙事"与"宏大叙事"的话语分歧日渐突出。随着理想主义的幻灭，生存文学进入知青文学的主流叙事。在二十世纪末，知青文学全面衰落。

正是在这一背景下，我们聊到了梁晓声。聊到《青春无悔》。谈到了邓贤的《中国知青梦》以及《中国知青终结》。

《中国知青终结》犹如打穿丛林的光，不但使往事得到彰显，还使那些湮没在树叶之下的情思，获得了在光线中自明的机会，使我们洞悉了蜃楼的乌托邦解体以后，作为个体的理想获得确立、覆灭、终结的过程。这也同样证明了一个至理，优秀的文本不仅仅是来自于梦田，更多的可能是来自梦田之下的黑土，它以坚持的根性使地力催生出灌浆的声音。我想说的是，由忏悔到悔悟的过程，不是靠"无悔"能够遮蔽的。

我想，由"知青情结"所孕生出来的"知青文化"，应该包括两个向度的努力：一是通过对往事的打捞，在回忆中彰显当事人那些理想主义的书写和对坎坷经历的陈述；其二是完成历史的重写使命，使"上山下乡"运动由宏大叙事逐渐演变为个人体验，并为陌生的后人提供一份相对完整的心灵史。

在知青们的心中，无一例外累积着岁月所沉淀下来的某种共同情感，这种情感纠结起来，挥之不去，构成了灵魂的组成部分。"知青情结"并非是对上山下乡运动本身的眷恋，而是由生命的角度对那段刻骨铭心的往事以及此后的遭遇的群体性慨叹和感悟。它的范畴小于"老三届"。"老三届"不止有着当知青的苦难经历，在他们身上留有共和国特殊时期的苦涩痕迹。用他们自己的话来说，就是"我们在需要长身体时吃不饱肚子，在需要知识时没有书读，在需要恋爱时不能交异性朋友，在该生孩子时只能一胎，在该工作时找不到工作，在终于成熟时，眼下社会关注的下岗又降临到我们身上。"所以，"老三届"包含着太多的磨难与艰辛，使他们成为永远赶不上趟的一代人。"老三届"的红卫兵接受过造反洗礼，几乎每一个老三届都成为"破四旧、立四新"的闯将与"横扫一切牛鬼蛇神"的铁扫帚。上山下乡运动，正是在"战天斗地，其乐无穷"的训令麾下掀起的。可是在弥漫的知青文化热潮中，在"再回首，泪眼迷蒙"的忆苦倾诉之中，人们不太容易听到有关这方面的自省、忏悔和反思的声音。如果"知青文化"只剩下对苦难岁月的缅怀和对宏大叙事的深情倾注，那么知青的心灵史无疑就是一部残缺的历史。

我想，区分一下理想与乌托邦的概念是有必要的。尽管它们都有价值预设的习惯，但理想应该是个人化的，是作为个体的追求指标。在一个日趋势利的年代，对理想主义的重温将有助于人们廓清眼前的浮云，这显然有其积极意义；而乌托邦是属于宏大叙事的，是属于一个制度或时代所具有的权力畅想。如果把知识青年视为劳动力的后备军，经历双重苦难以后确立的自救思想，就是应该意识到人的根本性存在不是集体方阵的存在，而是作为个体的存在。如果将个人化理想与特定时期不切实际的集约化的乌托邦混为一谈，甚至把两者纯粹当作一回事，这不但将使人们对理想的缅怀流于意识形态化，还将使"知青文化"蒙上极端年代的浓郁猩红。但令人可叹的是，在很多知青题材的作品中，利用坎坷岁月的"清洁精神"来厘定当下物质主义的鄙俗，或利用切·格瓦拉式的持续激情来度量当下甚嚣尘上的"土豪金"，正在成为"知青文化"当中一个便捷的博弈算式。它的冒险意味恰在于：很容易使一代人的血泪史成为一面映照当下文化的哈哈镜。那么，它能诉说的就是关于当前文化的诸种"变形记"。

置身于倡导化剑为犁的时代，炮制心灵鸡汤的励志者在奋力鼓噪鸽子变鹰、羊变成狼；但人的生命的血肉，不应该成为权力的印泥。

无可否认，在上山下乡运动中，上千万知识青年的理想几乎就是政治乌托邦的 3D 打印版，但痛苦的经历并不等于深刻的经验，经验是通过对经历的反思得到的纯化物。在这一反思过程中，我们看到了食指的诗歌、北岛的《波动》、王晓波的《时代三部曲》、史铁生的诗性文本等一批贯注了反思特质的优异之作，它们使得真正的理想主义从乌托邦的肜云笼罩下分野而出，解放强光下的"向日葵"，使它成为摆脱了隐喻的葵花；在集体主义与金光大道之间，分野出了独立的人与路的关系；在铁板一块的幻觉中，分野出了个人情感与天下情怀的关系。并逐步发现，自己固然是一个特定时代的殉难者和参与者，同样也应该是那个特定时代的悔悟者和思想者。

以我个人的感情，我一直感动于一代知青的苦难与清贫，感动于他们经过反思以后的、犹如风旗般猎猎飘荡的理想主义。想要娶一个富婆，想赚够一千万块钱，考上一流大学，拥有一套独栋别墅，都是生活的一些目标，但一定不是理想。真正的理想从来不会以极其现实的面目出现于环境里，如果有的话，那多半是混淆了生活目标与理想的界限，或者是伪理想。理想必须是来自个体灵魂的要求。

当前行者把理想视为自己跋涉之路前方、同步顺延的阳光时，一种完善自我的强烈意愿，会像电流一样在生命中爆发出火光，它会吸纳理想的光与热，在交相辉映中，照彻生命历程的过去与未来！理想是极端个人化的事业。在一切重荷屈辱之下，理想的光芒赋予了理想者"虽千万人，吾往矣"的悲壮气概。

理想是永难企及的，但你在无限接近。理想不可能被完全实现。正因如此，理想才显得格外痛苦与辉煌……

我想，这不一定是知青博物馆给予我的警示，但却是它感动我并促使我追问的唯一理由。

瑷珲是满语"母貂"之意。貂早销匿，鳇鱼不再。记得来博物馆之前，我在瑷珲镇的大江边，看到一只野生的鸬鹚，它抓住一条鱼，像黑客一般突然出刀，剖开缎子的野水，它击水、振翅，嚯嚯嚯，将阳光融成一泓流金。它突然飞离，要生生提起大江，带水的双翅掠过岸边一座铁灰色的青砖建筑，那横跨四柱三门的门楣上，尚残留有"爱辉人民公社"字样，它斜飞，一并带往暖云的乳房。

还有一只鸬鹚，停在江边废弃的砂石传送带下，闭目，歪头，像一把镰刀直插梦境。

第三只鸬鹚，泅入水体，再也没有出现……

是什么在锯着我的灵魂?

"人一旦死去,他的遗像也会改变模样。看人的眼神有所不同,唇边的微笑也有些异样。从一位诗人的葬礼归来,我发现了这个现象。从此后,我便时常验证,结果都证实了我的猜想。"这是诗人阿赫玛托娃的名诗《人一旦死去⋯⋯》。2010 年 3 月 12 日夜 9 点,我赶到自贡马吃水的远大花园,寻着哀乐,找到赖雨的灵堂。遗像用的是一张我从未见过的赖雨照片,笑得有些娇媚,眼角弯曲,向上飞动,有奶与蜜的感觉。按照阿赫玛托娃的思路,可惜我并未发现相片的变化,更谈不上发现她眼神流出了异样的水。这显然是一张赖雨容光焕发的照片,但看着看着,总觉得有点不真实。那流着奶与蜜之地,距离尘世中的赖雨何其遥远啊。

从护理赖雨 20 年的曾云聪女士那里得知,赖雨看到《华西都市》上的一则消息,说龙泉山的桃花堤开了,苦于无游人,急煞花农。2 月28 日是元宵节,赖雨和家人朋友 11 人奔赴龙泉山。可惜报纸上盛开的桃花,并未在料峭的风里打开裙裾,他们扫兴而返,准备回自贡过大年。途经简阳市石盘，乘坐的金杯汽车后胎爆裂而侧翻，她从倾斜的车窗直掼出去，造成多处骨折，被送到简阳人民医院抢救，后转回自贡治疗。3 月 10 日下午 18 点 10 分，赖雨因手术并发症离世，享年 47 岁。

赖雨远没有史铁生幸运。1987 年 8 月 13 日，史铁生与众多作家在五台山遭遇车祸，全车的人，只有史铁生未伤毫毛。

我撰写的挽联是："手不成举，足不良行，爱在群山之上；笑能催春，情能化雨，魂系孩子心门。"挽联由诗人王星书写，挂在灵堂前，一阵风把挽联横举，墨迹立即被旷达的夜色吞噬，修长的白纸像一条翅膀，有"单翅而飞"的灵意。

焚香时分，我深深俯下身，忍不住抬头再看看她。白炽灯刚好在赖雨的微笑中融化，有一汪冰水的冷和清澈。我站立起来，看到赖雨又在微笑，仿佛在说："几年不见了，你好吗？"

2000 年我移居成都后，与赖雨的联系逐渐稀疏，她后来到成都开办热线电话，租住在建设路的沙河电影院附近一栋简陋的红砖楼房里，我去看过她一次。她躺在床头静静发呆，好像浸在遥远的雨季，而不愿意回来。她在这个阶段的笔记里写道：宛如一条冰河，在初春的消融下缓缓流动。那些漂浮的冰块，相互碰撞，时而清脆时而沉闷的撞击声，逐渐替代了回忆的愉悦而成为生机的高音部。究竟是生命向往的猎猎滑翔之声，还是语言本身述说的内敛欢娱，已经很难去进行这样的分辨了。只是觉得，不是自己孤立地深入思想的腹地，甚至伴之有可能无从返归的恐惧，而是存在的寻思同语言已经在沉默与信心中缔结了忠贞不渝的盟约。这自然跟浮士德和梅菲斯特的条约相去甚远，但同艾滋拉·庞德与惠特曼订立的合同有着某种近似——被激情浇灌的花朵只会朗现于对激情的深切认同之中！这样，我朝着殊途同归的区域，常常进行一次次返乡式的探求。

面对这样的沉思，我觉得孤独恰恰是她必须依赖的靠背。

一些哲人再三告诫后来者要"耐得住寂寞"，要适应与"孤独长期作战"。其实，对待寂寞、孤独老是用"作战"的方法，注定是不会长久的。因为孤独是被视之为以心灵的敌对面目出现的，那么相当部分的精力将被转化为与之抗衡的能力。为什么不可以把寂寞孤独视为与自己永生相伴的秉性呢？当一种神智的启示震撼涌荡于内心时，这种使命的交接往往都是孤独的时候猝然相遇的，孤独不但成了锋利烈军属作的媒质，更是全美心灵的氛围。这样的话，孤独就是一个人对生命的一次命名！它让回旋搏斗的迷狂与深切冥想的喜悦在独一的光照下，看见了自己！

她老跟我提起阿赫玛托娃。"既然我没得到爱情和宁静，请赐予我痛苦的荣誉"，这是阿赫玛托娃的"疼痛诗学"，英国女诗人安妮·斯蒂文斯所撰写的西尔维娅·普拉斯的传记，书名和书的主旨就出自此诗句。赖雨有的是孤独和痛苦，但她不以一己的不幸，而是以不断超越的诗，对自己的一生做出了更清晰更丰满的总结！

2003年4月赖雨到四川大学就读心理学专业，我记得她租住在浣花溪附近的一个普通居民小区中，某次还请一大帮朋友吃饭。也许是生活的压力，加之病情的加剧，我觉得她衰老得比常人快，脸无血色。她正在给川大几个学生讲自己的经历。小儿麻痹症。足不能行。骨折。用舌翻书。一分钟写5个字的写作速度。可能发现气氛过于压抑了，她停止了讲述，叫曾五妹和燕子摆桌倒酒。她喝了一点酒，就不再吃东西，在床头静静看一大帮人痛饮。她哈哈地笑，快乐无比……那阵她已经不再开办热线了，但不断有电话打来。我问这些什么人？她说，都是朋友推荐来的人，需要一些帮助。我不能因为没有热线收入而不理睬别人啊。大家说笑的声音自然小了，不再打扰接电话的赖雨。

告辞时，她送给大学生们每人一册她的诗文集《群山之上》，学生们要给钱，她笑笑拒绝了。谁能料，这就是我与赖雨的最后一面！

我每次回老家，似乎总有应接不暇的觥筹交错，却总是无法在酒意与忙碌中抽身去她的新居看看。写到此，我真是愧疚不已。后来她打电话告诉我，她取得了四川省二级心理咨询师证书。在朋友的热情帮助下，她在自贡正式办起了心理咨询室。有一天她突然打来电话，说还欠我一些钱。尽管我一再申明，这些都过去了，她还是显得不安。

第二天一早，我赶到殡仪馆参加赖雨的遗体告别仪式。一个蓄八字须的中年人紧紧握住我的手，嘶哑地说："我是赖雨的丈夫，谢谢你！"见我一脸惊愕，八字须补充："我们元旦扯的结婚证。"我无言，觉得造化弄人。我看到躺在玻缸里的赖雨，依然还是那么羸弱、沉静而安详。那些艰辛、苦难、病痛都隐退了，好像与照片上那个赖雨不是同一个人。据说开追悼会要得到有关部门的批准，所以没有任何悼词。我估计应该来的人，一个都没有出现。转念一想，这一切也许都是天意。

赖雨被送进火化炉。我坐在石头上抽烟，想起第一次见到她的情形……

那是 1997 年冬季的一个下午，连续下了一周的小雨没有停止的迹象。在富顺县作家赵正平的导引下，我双脚沾满肮脏的泥浆，来到赖雨在富达路的地下室住宅。雨给人的也并不都是浪漫飘飞的诗意，雨也有提供压抑和忧心忡忡的时机。屋里黑压压的一片，一来采光不好，二来许多晃动的头影遮蔽了本就稀薄的光线，原来是在搞采访。闪光灯咔嚓的一声，我看见一位斜躺在床头的女孩，黑毛衣上搁着的脸白垩泥一般反光。这就是赖雨，正患重感冒。

我有些警惕地注视她及室内的一切，就像一个自以为是的侦探。屋里仅有的两个茶杯现在冒着热气正温暖着先来者的滔滔雄辩和手掌，我在等候茶杯和谈话时间像接力棒一般传递过来的时候，反反复复观察赖雨的书架，阅读书名就能知道她的主人。这一千多册书谈不上系统，繁杂得让人惊奇，让人产生兴趣。比如，大部分的古典著作盘踞着书架最大的空间，冷不防几册极前卫的文集和什么影星的说三道四的回忆录又异军突起。显然，从中缺乏任何嬗递的环节和证据。一册中文版的《圣经》引起我的注意，我历来认为中文版与西文版的《圣经》说的是迥然不同的两回事。就像真正的先锋本文不可能指望翻译成汉语语境的先锋并教导我们如何仿造一样。我看见书页中不少阅读的折角和翻阅痕迹，有嘴唇的水痕。一只鸽子站在一大叠赖雨的创作文稿上，肆无忌惮地啄梳羽毛，为防止鸽子可能的进一步失态行为，有人好心地伸手去抓它。赖雨大叫："不要动！它是飞来避雨的，一直陪了我好些天，我叫它流浪诗人。"她突然提高分贝的嗓音在回音效果极好的地下室鸣响。我看见红光在她面庞一闪而没。

我静静翻阅她的文稿，竭力快速感知，并企图在纷乱的记忆中留下印象。我意识到这已不是纯粹文本的使命了，语言与斜躺在床上的人和这一千多册书为我圈定了领地。我找不到熟悉的词汇来予以阐明，一些缤纷的异象蜂拥而至。

尼采在 1888 年 2 月 26 日致彼得·加斯特的信中说："这些手稿是为自己写的，我打算从现在起，每年冬天都为自己写点这样的东西……"这里指的是其晚年巨著《重估一切价值》。因为是为自己写的，上千个思想片断和箴言将一己的洞见与神秘的自语种植成一望无际的刺丛，进出的路途皆在哲学的渊笃与诗性的偏执中呈现异端之美；因为是为自己写作的，言语的通顺或词性的舍取均不在考虑之列了。因为是为自己写作，就是要把自己的每一寸肉都铺展开来，打开所有的肉体之门，宛如一粒金珠被击打出一片薄如蝉翼匀质的纯美；因为是为自己写作的，自己就已完全融入了写作之中，在这种状态下，全部的脑髓已放弃自我从属于思想的野地，已然最大限度地展现自我……

捧着赖雨的文稿从地下室出来，脚上的泥浆不但没干，还浸透了皮鞋，脚下一滑，膝盖重重地撞在拐角处的一个木椅上，椅腿安了四个木头轮子，我准备踢它一脚。想起刚刚赖雨讲过的事情，负载她十几年的行走工具，就是这把她父亲亲手制作的轮椅！我忍住了，向它鞠了一躬。

我决定为赖雨出一本书。这时，寒雨仍在昏暗的天光中发亮……

2000年，自贡电视台决定拍摄一部有关赖雨的音乐片，片名还是叫《群山之上》。电视台把赖雨的初稿送来，我做了一些技术处理。其中有这样的段落："我的轮椅辗碎过北方的寒风；我的轮椅惊扰过羌族少女的甜梦；我的轮椅辗过竹海深处的缕缕蝉鸣；更不可思议的是，我的轮椅居然'爬'上了峨眉金顶！在金顶上我看到了无边无际的云海和美妙得让人泪水长流的佛光。而当太阳冲破云层喷薄而出的那一刻，我坚信自己彻底打败了病魔，战胜了命运，超越了自己。我大声呼喊，好让佛光深处的神灵听到我的声音：我是生命的黄金战士！"这是赖雨的"轮椅沉思录"，她的轮椅在很多爱心人士的帮助下，驶上了欧洲的版图。

玲子女士2002年在深圳创办了自己的公司。一次偶遇，玲子结识了法国"安万特·巴斯德生物制品有限公司"亚太地区制药总监、意大利制药学博士皮大奇先生。玲子向皮大奇介绍了赖雨，2002年5月底他们来四川与赖雨见面。皮大奇被赖雨的极度残障所震惊，他没有想到自己读到的文字是赖雨在一分钟写5个字的速度下写出来的，更没有想到，赖雨还有一脸灿烂的笑。皮大奇将一本著名生物学家安万特·巴斯德的传记送给赖雨，并在扉页上留下一段文字："你用心做的事情，我也会用心去做；让我们以心换心，心心相印。"

2004年春节前夕，经过多方努力，赖雨到欧洲进行了为期半个月的访问。临行前玲子、皮大奇与赖雨决定成立一个爱心组织，取名为Happyday，让每个需要帮助的人都感受到快乐家园的热力。Happyday是纯粹的慈善机构，赖雨成为Happyday的首席执行主席。"向别人伸出援手，其实是在对自己施救"，成了他们的圭臬。

行前，他们才发现赖雨的轮椅旧得不成样子了，决定马上换新的。前面说过，赖雨2000年前的轮椅是木头做的。

在富顺，我的膝盖就曾碰过那个木轮椅。那是赖雨的父亲亲自设计制作的，为了让她瘦弱的身躯坐在车里感到舒适，还特意用厚厚的泡沫做了垫子。这辆木制手推车伴随赖雨有10年的时光。父亲生前一直盼望她能有辆轮椅，愿望在他去世6年后终于实现。新轮椅是富顺红十字会从武汉购买回来赠送的。为了早点让她坐上新轮椅，特地空运回来。送轮椅的人开玩笑说，"赖雨你还没有坐过飞机，可你的轮椅坐过。"

她在电视音乐片的文稿里写道："我的思绪像一片落叶一样飘浮在迷濛的空气中，我看见雨水在落叶上折射出金属的光芒。如此脆弱的树叶都能够放射出坚硬的光辉，那么，我的轮椅能不能在泥泞中辗出属于我自己的人生轨迹呢？"

像阿赫玛托娃那样，赖雨曾自问："是什么在锯着我的灵魂？"我想那种疼痛，只有她才体悟到了。她的墓地在南山公墓，墓志铭是："你爱过我吗？"我不知道为何要这样做。"我已爱过了"可能才更符合她的本意，一切就成了。

她临终前说的最后一句话是："我还有一分钟了……"

那张倚靠在卧室里的轮椅孤零零地等候着主人，与另外那张在墙角的木头轮椅一样，赖雨不会再来。瞩目轮椅的人，都不禁用心声和她默默交谈，向她吐露自己的心曲，使灵魂得到解脱和安宁。

赖雨的竖琴已在2010年戛然断响。赖雨以自己独特的魅力和气场，改造着一座日益"盐化"的城市人心。但愿那些认为赖雨写作成就不高的人，能够在她的辉光下明白什么才叫作悲悯和人生。

赖雨大密集度的祈使句型却像不屈不挠的圣女贞德，从各种表达中冲杀出来，捍卫某种凛然的尊严。按理说，一个行使拯救的魂灵，除去一心一意的虔敬奉献，是不会有什么奢望的。因为她是一个已然完成了自救的人！但是，赖雨有太多太多的期待、愿望、渴求，甚至命令，这些在诗集中俯首即拾的祈使句触痛着我的视线："我多想亲手做个巢 / 哪怕用枯枝败叶 / 仅为收留它们流浪的脚步 / 和自己驿动的心"（《晨盼》）。"我愿意尽情盛开一次 / 再走入生命的终极 / 而不愿在混沌中 / 无望的等待"（《祈求》）。"让歌声响彻云霄 / 让歌声照亮生命 / 让我们的艺术生命 / 永放光芒"（《高歌》）……事实上，这样的祈使有二类，一类是常人们视为极平常的个人权利，诸如恋情、相思以及一些寄托；一类是形而上的祈使，它早早超越了个人恩怨，是为人们，为这一环境而祷告。一个连常人视为正常的个人权利也望不可及的人，长年躺在床头，竟然还在为人们，为一些肢体正常，可心灵残疾的人祈祷、请求、呼吁，企望那灵智的光照，去抚慰去唤醒被利欲与城府腐蚀的灵魂。

赖雨并不高亢的祈求，在我看来，对那些商场走卒、政坛掮客以及急于功成名就的文人，不啻是大力棒喝！我们还有必要使用极其苛刻的美学标准，让赖雨的诗歌削足适履吗？！

我想说，赖雨的祈使话语已经抵达了目的地！"因为他们所作的，他们不晓得！"

我想说，金和银赖雨都没有，但她已把所有的爱与心力敬献出来。如同雨从野地飘来，从头颅和昏睡者的梦中穿过。

想起一句悬在星空的话：

"我渴了。"

赖雨简介：1963 年 11 月赖雨出生于富顺县，不到两岁因小儿麻痹症致使全身瘫痪。重度残疾的她靠着坚强的毅力，先后写出了诗集《群山之上》、心理教育专著《怎样让孩子打开心门》等。赖雨执着于爱的事业，让无数心理疾病患者获得新生。她的精神感动了无数人，先后被评为"四川省自强先进个人""四川省十佳残障模范""盐都十大杰出青年"，获得四川省"五个一工程"奖，出任 Happyday 首席执行主席。

腊八节看望萧红

我曾经说，有些特殊意义的时间不能去奢望。但偏偏有些机会让一个特殊的时日得以闪亮，照亮会心者，你借此可以由此拔节成长，也可以静静疗伤，甚至可以让野草尖渗出露珠。

这分明就是一种福分。

我于 2011 年底从成都飞抵哈尔滨。下午 4 点一过，天色就迅疾暗淡了，街头路灯逐渐把地面的黑暗举高，举到楼层之上。北方的冬夜显得褴褛而薄，上下漏风。

我躺在宾馆里看手机新闻，明天就是 2011 年的腊八节，农历 2011 年十二月初八，阳历刚刚跨年，是 2012 年 1 月 1 日。哦，1942 年 1 月 22 日上午 10 点，萧红病逝于香港。很多人接到噩耗是 23 日一早，那一天恰是当年的腊八节，因而就有萧红忌日的两种说法。2012 年恰是距她诞生一百周年。我与哈尔滨袁炳发联系了，他答应第二天一早陪我去萧红故居。

翌日一早，街头白雪一片，空无一人。袁炳发、葛勇开车来接我直奔呼兰区。他们说话，吐着浓郁的白气，从 2004 年开始，呼兰县就改名为呼兰区了。

汽车抵达呼兰河大桥边，下面是白花花的呼兰河。我执意要下河去，他们同意了。我顺一条积满冰雪的小路而下，来到没有堤坝的河边，那里长满了深褐色的野草，刀子一般的风割走了野草的叶片，仅剩下光秃秃的草茎，兀自崛立。呼兰河在大桥下宽度近 1 公里，浅褐色的波浪被一层一层冻住了，朝阳升起，强光打在冰层上，宛如一幅惊心动魄的浮雕。我从没有经历过如此刺骨的严寒，感觉神智有点迟钝。登山表显示，河面气温是零下 25 摄氏度。我顺着冰面往河心走，脚下发出喳喳喳的声音，我能够看到冰层下的垃圾、树枝以及不可名状的东西，在空旷的冰河上感觉是进入了摇摇欲坠的梦。因为我总觉得，曾来过这里。

举起佳能单反相机，拍了几张后，相机就不再工作了。这是处于极端低温下，相机的自我保护。我再往前迈步，脚下传出嘎嘎嘎的动听之声，我就像是进入了塞壬布防的区域。但是，河冰凝冻了她宽达 1 公里的歌声……突听得桥上有人朝我厉声高喊，我明白了，转身回到岸上。

呼兰城就朝着大桥敞开，建筑格局与中国的县城并无区别，唯有高楼之后的巷子里还可以见到几棵巨大的榆树，浑身布满的皱纹，才暗示出几许往昔与沧桑。萧红故居以及萧红纪念馆位于萧红大道右侧。大道两侧哪里还有萧红描述的影子呢？曾经的呼兰城"除了东二道街、西二道街、十字街外，再就是些个小胡同了。"狭窄的东二道街上还有一个大泥坑，下雨之后就成了深深的泥塘，淹死过马、猪、羊等等。很多人总在指责城市的除旧布新，其实不能一味向后看。正如历史也是层累而上的一样，以前是隔着石头缅怀古人，如今是抚摸着钢筋混凝土和沥青想象往昔。

小扣高门久不开。进入萧红纪念馆，我们是今天第一批来访者。

整洁宽敞的萧红故居是复建的，典型的深宅大院，原物在上世纪八十年代被陆续拆掉了。这是一个勤奋的地主挣来的大院子，东院自家住，西院出租。

地面积雪已经被管理人员清扫过，整个庭院清净异常，除了褐草、阳光和白雪，就只有萧红了。

由于没有带香烛，我就在萧红塑像前点燃了三支香烟。

这尊坐像是雕塑家王松引所作，深得萧红神韵。洁白的雕像发出玉的润色，其实并不十分适合萧红。雕像其实吃白雪就可以养活自己了。现在，一堆雪立在她肩头，在阳光下腾起了几丝缓缓悠悠的白汽。

所有厢房均细细看过，栏杆上的积雪裹挟枯叶，泛着钱一般的梦想。我在冯歪嘴子拉磨坊里拍了照。尤其是东院第五间正房，那是萧红出生处，萧红出生那天恰巧是端午节，屈原投江自沉的忌日。张家人迷信，觉得这个日子不吉利，就把萧红的生日改为 6 月 2 日。但是，这种改变仍然未能逃脱一语成谶的结局。

东间后道闸为张家的储藏室，幼年的萧红常来此玩耍。门前悬挂着萧红的父亲写于 1947 年的木刻对联："惜小女宣传革命粤南殁去，兴长男抗战胜利苏北归来。"在我印象里，萧红父亲冷硬且视财如命，如此"深明大义"的对联写于 1947 年，的确有点出人所料。1951 年后，张廷举搬到儿子张秀珂家生活，地址在哈尔滨南岗人和街附近。蒙懂的老人开始理解了萧红与张秀珂的人生选择，张廷举表现出对女儿的高度认可，他还常拿着萧红的作品向认识的人得意地介绍："这是我女儿，怎么样啊！"

我沿着甬道来到后花园。这里有 1600 平方米，不小了。看到蹲立于白雪中的一尊树脂塑像，真人比例，那是本地美术家张光复的作品。外祖父张维祯和小姑娘萧红，她手里高举着一枝花，倒卧在外祖父怀里，我眼泪就下来了。不是友情，不是爱情，更不是名声，而是无忧的童年，那是在她 31 岁生命中最为明媚的春光。为了不至于在朋友跟前失态，我举起了相机咔咔咔拍了几十张。

然后，我站到了那棵榆树下，怔怔注视着菜畦地中的黄草。黄草像从一只鸡身上扯下来的毛。鸡为此躲进了树洞，在风中咯咯咯地打颤……

在《呼兰河传》的结尾，萧红写道：

> 我生的时候，祖父已经六十多岁了，我长到四五岁，祖父就七十了。我还没有长到二十岁，祖父就八十岁了。祖父一过了八十，祖父就死了。
>
> 从前那后花园的主人，而今不见了。老主人死了，小主人逃荒去了。

这一段出自《尾声》一节。篇幅仅仅 354 个字的《尾声》，一共使用 17 个"了"字，连缀起一个让人不安的气短、局促、断裂的语式。但是，这分明是不可模仿的语式。

《呼兰河传》何以要写成无数碎片，用来连缀为一个个场景？其实，那些碎片就是萧红在童年失手打碎的冰块。

萧红在写《呼兰河传》时，是在 1938 年至 1940 年间，距离祖父去世也近十年，她已处于病痛交织、生命委顿时节，那些最为刻骨铭心的细节呼之欲出，其实均是她幼年的记忆碎片，因为纯洁无垢，就足以让一个病痛之人缅怀不已。也就是说，她采用的是一个儿童的视角，是用孩子的眼睛看到的呼兰河的奔流以及足以消融褴褛、冷硬之下的世间温情。一方面，小孩子的记忆具有的无逻辑的碎片化特征，年龄的幼小决定了她的选择性记忆；另外一方面，这些根须至今还在不断生长的细节，又强力呼应了生活碎片化的写作。

把童年记忆、笑靥与那时并不强健的骨骼，混黏合为断片，拒绝了经验对它们的濯染和雕琢，成了她写作宝盒里的"锦匣叙事"。这种被后人命名为"萧红体"的文本，《回忆鲁迅先生》无疑是其孤绝峭拔的顶峰，这又是一种多么消耗元气的写作啊！

在那个时代，萧红的凛然出现，还有别一种意义。不是留洋出身，不是科班，缺乏烟视媚行的身段，没有桃色名头，没有"太太的客厅"，没有门阀财势背景，她仅仅昭示了一个从未有过的特例：一个弱女子，一个外乡人，依靠一支笔，就在白话文里从容崛立。

虚构的高标固然是小说的圭臬，但对于萧红的世界并不适用。在我看来，她其实根本不需要多少故事，她的心中充溢的首先是诗，然后是散文，当她把诗和散文付诸长篇小说之际，她动用了几个童年最为熟悉的人物，把这些诗和散文栽种在像掌纹一般熟悉的菜畦与荒芜之中。我猜测，她的小说结构，也与这个庭院布局的起承转合具有某种勾连。萧红首先是天生的诗人，更是一流的散文家，诗性是率性的凛冽之风，散文是恣肆而宽阔的大河，但她身上峭拔而起的诗性压过了散文，她才在小说的空间亮出了她明丽如冰块的忧伤底色。

冰块的后面，是女人的冰块。它哪怕在生命的大限也拒绝溶解。冰块之后也没有水底的火焰，冰块是褐色的，犹如冰封的呼兰河，因为诚挚，所以半透明。

思想总是从回忆开始的，但是回忆的河流凝冻了。面对一个根本回不去的故乡，一个人干脆把冰封的呼兰河端了起来。一个心里装着呼兰河、菜畦、刀子似的寒风的女人，游走了大半个中国，血气减退，冰棱消融，她终于在香港玛丽医院一病不起了。

她在融化。

我记得保罗·瓦雷里说过："一个冷淡的人拥有整个世纪的浩瀚。"

其实，她并不冷淡，而是冷，她才是无恒的时间。

袁炳发突然问我，还去不去西岗公园，拜谒萧红之墓？据说那里藏有端木蕻良捐赠的萧红一缕头发。我去过广州银河公墓，向萧红磕过头，就不想再去面对辗转而来的一缕青丝了。我只想待在一种气息里。

来到呼兰城天主教堂前的广场，两棵苍老的大榆树迎着阳光与影子俯仰。我们去找餐馆吃午饭。这一带均是萧红曾经逗留之地，点了杀猪菜和炖豆腐，我斟上第一杯酒，谁也不说什么，泼在地上。那是在腊八节的午后，我们开始举杯，酒太烈，也太苦了。

（本文得到黑龙江省萧红研究会副会长、萧红文学馆馆长章海宁先生的厘定，谨致谢意）

暮春拜谒周克芹

2016 年的春季较往年迟滞，梅雨淅沥，阳台上的黄桷兰才努力吐出了绿芽。正午，我来到通往简阳市简城镇升阳村的路口，看到一个巨大的路牌："游周克芹故里　品葫芦坝生态大闸蟹"。历史的奇妙就在于，两桩不相干的事情可以被追求利润的动机合二而一。拐过一座铁桥，很快来到著名作家周克芹故里。我闻到了一股幽香，这里的黄桷兰却已是芬芳馥郁，这也许源自城市与乡村迥异的季候。

今年是获得首届茅盾文学奖的周克芹先生逝世 26 周年，也是他诞辰 80 周年。4 月 30 日，中国作协副主席、文学评论家李敬泽与四川省作协主席、当代著名作家阿来做客四川省图书馆，畅谈茅盾文学奖背后的文学故事。谈及病逝的路遥、周克芹和陈忠实，李敬泽一度双眼通红，饱含热泪。

针对周克芹逐渐被一些人所遗忘的文学现状，李敬泽说："周克芹等人的小说，深刻、有力地表达了我们民族的复杂经验，表达了我们民族的历史以及记忆。小说里的那个中国，就是我们置身的这个中国！

路遥、周克芹和陈忠实的小说，就是伟大的中国故事。由此可以看到中国文学持续的创造力，他们的语言开拓了我们民族的语言触觉。"

简城镇镇口有一棵粗大的黄葛树，从这里右拐进入村道，一条 1.5 公里的道路通往周克芹墓地。路是四川省作协与当地政府共同出资修筑的，作协还资助了多名本地学生。周边山踝的竹林、杂树交错，玉米已有一人多高，环境保持着多年前的原貌，就是《许茂和他的女儿们》里的那个"葫芦坝"。此地本地人称"二葫芦"，实际是沱江中游右岸一级支流绛溪冲击形成的三个葫芦状丘坝：大葫芦、二葫芦、三葫芦，在周克芹小说中统称"葫芦坝"。站在镇口那棵黄葛树边，如没有黄葛树旁小卖部和茶馆遮挡，可以俯瞰葫芦坝全貌。弹指一挥四十年，葫芦坝变化太大，就像原地打旋的葫芦，甩掉了昔日的破败、穷困、荒凉。村舍绿树，水塘碧波，好一派四川丘陵山居图画！看着眼前的山水丛林和点缀其间的度假村，与他笔下的乡村场景形成了强烈反差……

沿途犬吠不止，坑洼不平的路上不时见到死亡的大闸蟹，看来大闸蟹养殖在此地已遍地开花。来到鄢家湾老鹰岩之下，登上掩映在毛竹与柏树之下的 64 级台阶，眼前出现一片开阔的水泥平坝，周克芹墓地到了。这里离山下村落甚近，均是周克芹生前熟稔之地。我第一眼见的，是周克芹弟弟的坟茔，紧挨他胞弟的是周克芹祖父母的合葬墓。再往左，终于看到周克芹的墓碑。

周克芹的墓，坐北朝南，离地六阶，高出他的祖父母兄弟三阶。他的墓碑也不是普通平面板材的石碑，而是一米多高的方形柱体，柱身厚重，顶部收拢成塔状，是一个小型的纪念碑造型，奇特的是，贴满了粉红色的瓷砖，时间一长，瓷砖褪色，像历史的胭脂。碑的四周围有雕成玉兰花状的矮墙。碑身的瓷砖之间水泥钩抹的深痕，就像他留给这个世界的文学痕迹。这里，不但是四川，也是中国文学的一个地标。

碑身的正面，凹进之地，为作家流沙河题写，金钩铁划的瘦体。右联："重大题材只好带回天上"；左联："纯真理想依然留在人间"。横批："德昭后代"。居中是一行竖体："小说家周克芹之墓"。间插有立碑者名字——妻：张月英。女：慧莲；男：吉昌；女：梦莲，雪莲。1992年8月3日同立。均是红字。

我用手掌摸索，碑上的红油漆刷刷往下落，令人怃然。

左侧纪念碑下部，除刻有周克芹生卒年月和简历外，附有周克芹的一段话："做人应该淡泊一些，甘于寂寞……只有把个人对于物质以及虚名的欲望压制到最低标准，精神之花才得以最完美地开放。"

2016年春节，克芹女儿周雪莲对我回忆："一个农村作者来成都找老师看稿，父亲私人安排他到燕鲁公所街招待所吃住，临别还给他几元钱，叫他去书店买几本书，嘱咐他要多读书。当时我们家子女多，拖累重，父亲的工资和稿费并不多，而这样的作者几乎是隔三岔五就会登门……曾经还有一家企业人员背来一大背篓产品，要请父亲写文章'鼓吹鼓吹'，被婉拒后对方立即背起产品就走……父亲怎么可能为产品写广告词呢？父亲在发现身患恶疾后还参加了简阳三岔湖笔会，认真讲课、改稿……可以说他是为文学鞠躬尽瘁……"

周克芹名满文坛之际，家里还没有洗衣机。他说，就是买了，仍然要孩子们自己洗衣服。一次，儿子打着他的牌子在家乡联系买啤酒，他知道后把儿子痛批一顿并约法三章："今后不允许打着我的旗号到外边去办事。"周克芹痛恨腐败，有时又不得不委屈自己。因为不会拉关系，不愿屈身下拜，身为厅局级干部的省作协副主席，竟然连家庭电话都迟迟安装不了，真令人不可思议！他的身份证上，一直标明的是周克勤，就是克勤克俭复克己的人！

1982年，46岁的周克芹以长篇小说《许茂和他的女儿们》获第一届茅盾文学奖。葫芦坝就是他的写作环境，超出一般人想象，甚至有点接近严酷。站在周克芹墓地里，我被那样一个沉郁而专注的气场所笼罩，仿佛听见静谧的时间里，到处都是风与水的湍流。正是在这样的环境里写作，周克芹只能透支体力与精力。为了写作，周克芹陷入到穷困境况，一度家徒四壁，将门板拆下卖掉也要写！这与成都的国画大师陈子庄何其相似啊。

在我看来，他们是饱受精神压抑和经济折磨的一代人，创作是他们认定的生命唯一活路，是命定的事情。基于此，周克芹的写作与命运合二为一，就像路遥，我们不能想象用一切财富可以置换他手中的笔。人在艰难困厄中自守，让渡自己的一切，全副身心去完成对光明、正义、理想、公平的追求，是周克芹和路遥的价值向度；人的不屈和倔强，成了他们最为强健的脚力。

这种付出一己生命、反而对民族、局势的命运孜孜以求的人，在自由主义者看来是不可理喻的。但正因如此，反而体现了周克芹、路遥一代人那一道从脊柱里投射而出的光辉。

就是说，有些人渴望死于马背，拒绝了上天让他死在温软床榻的安排；有些人不满足于天堂与地狱的二元论，走在命运绳子上，突然心灰意冷，追求的是从高处跌落（往往借故于失手、失足），因为他们对过去、未来不抱任何奢望，比飘浮的青烟更熟悉死亡。其实，悬崖上的绳技不过是一种障眼法，是练习者在积蓄飞纵一瞬的勇气与觉悟，并断然放弃对生命底牌的拷问——如同一个木桶，一旦桶底脱了，还悟什么?! 是向死而死，向死亡坦然交出自己，而不是基于"向死而生"的辩论而为之，这些人回到人中，傲然地、以过来人的口吻说，我死过一回了。

周克芹不是这样的人。尤其不是靠讨论生死而获名取利之辈。

我继续使用这个比喻。周克芹脚下的走绳越来越高，他的技艺越来越纯熟。绳子的一头被时代牵引着，另外一头划下的弧度已经无法再负载他的远行了。没有高处不胜寒，恰是他向下界和远界飞腾的努力，又多了一分弧度——那是一道努力远离公众视线的抛物线。终于，疾病把他送到一个安静之处……

也许，寂寞才是周克芹最为向往、为之着迷的境界。一个彻底燃烧殆尽的人，才有资格以旁观者的身份，来回望燃烧的过程，以及每一个细节。

周克芹写过一篇不为人关注的短篇小说《断代》，以死亡者的口吻，展示了一个生前八面玲珑者对于死亡的恐惧，这反映了周克芹对"强人之死"的看法。鉴于太平间没有"后门"可走——

　　他满意了。对于他，无处没有后门可走。

　　然而，这毕竟是最后一次了。进了火葬场的"车间"，他才感到了椎心的痛苦。在最后一刻，他对儿女们说道："我这一去，你们可要好好过日子。我就担心你们太笨，过不好日子……"

　　儿女们哭得很伤心，没有一个人听见他的话。

活人们各怀心事，哪里听得见死者"其言也善"的劝慰。但是，周克芹的话，在一个瓦釜雷鸣的时代仍然钢声震耳："背对文坛，面向生活"。

这话对物欲膨胀的文坛而言就像一根针：既要扎破欲望的气球，更有金针度人之情怀。

对于如今的作家来说，要像周克芹、路遥、陈忠实那样，在写作生涯里继续标举精神刻度，标举文学对于一个时代的确认和预言，在历史节点上继续反思和前进，这是近乎难以完成的挑战。周克芹其实已经用他53年的一生做出了回答，他体察了中国农民农村30年中所经历的发展与变化，体现了对中国农民生活与农村问题的极大热情与关注。他找到了一个"热眼向世、鉴往知来"的历史规律。我想，如今的写作者常常以抱怨、咒骂生活来展示"个性"，在周克芹面前，就必须扪心自问！

我为他敬上了三支烟。插在墓碑两侧。几只山蜗牛艰难地在光滑的石碑上蠕动，它们的包袱太重了，爬了很久也没有挪动一寸的距离。透过密林的阳光倾泻而下，方尖碑的影子，就像昔日沱江纤夫那匍匐倒地的背脊……

失踪于周克芹病房里的长篇小说手稿《饥饿平原》，我估计，稿件应被人改头换面了。只是，改头换面发表了也毫无意义。唯一有意义的，是你的余生该如何面对一切文字以及头顶的星空?!

我回头，看到墓地侧那尊小小的周克芹塑像，雕像斑驳，青苔厚重。雕像出自成都一家文化公司之手，他略略昂首，云翳之下，他一脸忧思。在我印象里，思者总是低垂头颅的。也许，他想发出那来自土地的天问……

陈子昂墓园与 5 角门票

去过陈子昂读书台的人极多，但绝大多数人并不知道陈子昂墓园。

2016 年 1 月上旬一个周日，大雨滂沱，十几位诗人参加了"诗意遂宁"诗会，提出想去拜谒一代文宗陈子昂墓园。从遂宁行车 40 余公里后，拐入了一条蜿蜒而静僻的水泥乡道。抵达广兴镇龙宝村政府门前，斜刺里劈空一声大吼，盖过了几辆车的轰鸣……

一个身材矮小的老人飞奔而来，他大吼，双手高举，嗷嗷嗷。他冲到汽车前，挥舞双手。他浑身脏污，看不出颜色了，他突然又仰天，与其说是哈哈长笑，不如说是长啸更接近实际。

一问旁人，这是陈子昂墓园的守墓人，70 岁的苏志华。苏志华是天生哑巴，父亲是本地中医，但并没有治愈儿子的病。苏志华以前与哥哥嫂嫂一道生活，哥哥中年病逝，嫂嫂改嫁，他由此成了五保户。陈子昂墓地 80 年代得到保护维修，没有一个守墓人能安心管理。钱太少了，平时门可罗雀，根本养不活自己。苏志华出任守墓人，"只有他能够管得安稳"。这一干，就是 20 多年。他见过无数南来北往的文人墨客，他伸出干柴一般的手掌抓住我的手拼命摇动，旁人插话说："这是欢迎领导。"他深深鞠躬，赔笑，脸上爬满树皮的褶皱。

陈子昂字伯玉，墓园位于龙宝山下。龙宝山唐朝时即名独坐山，因其形酷似人之巍然独坐而得名，是陈子昂生前钟爱之地。诗人曾常在此与高僧"晖上人"坐禅念佛，留下了数首脍炙人口的诗篇。白云苍狗的变异，虽然早已没有了"岩泉万丈流，树石千年古"的景观，但山还是那座山，山前的梓江依然静水深流，最大的不同，是气场变了。

墓园门边过道上，有一块木牌，用回字纹装饰，印有挺阔的宋体字："门票一人次 0.5 元"。我心头一惊，在这个时代，一代文宗的墓园门票价格，是否就是诗歌的市场标的？而且，这个代价还要养活一位孤寡老人。

布满青苔的墓园为矩形，约三亩，像一把巨大的犁铧插在菜地之间。墓园的植被并不高大，主要有香樟和雪松。有碑记述诗人生平事略；伯玉陵墓便尽在眼前。墓碑上为启功先生手书的"唐右拾遗陈子昂先生墓"十个大字，由于勒石深度浅，已经漫漶。墓高 5 米，周长 25 米多，四周全用条石安砌而成。墓上野草摇晃，陈艾蓬勃，加上整座坟墓覆盖了青苔，宛如一泓凝固的碧血。墓旁有香樟数棵，一棵红梅在静静吐艳，成了墓园唯一的亮色。

墓前有两个破烂的瓷盆，一个用来插香，一个用来烧纸钱，这显然是守墓人从垃圾堆捡回来的。奇怪的是还立有一块红砖，我估计，那是替代灵位的道具。

苏志华不断嗷嗷嗷，他在为我们讲解，那些我们能够猜到以及无法想象的境遇。我猜到几句，一说，他就点头；猜错了，他以更大的声音嗷嗷叫，我改口，他又点头。他以手指天，双足顿地，双眼充血瞪着大家，再瞩目墓碑。

我在伯玉先生墓前鞠躬、焚香，再沿神道往江边走。墓园为三级，层垒而上。但荒草丛生，芭茅高达二三丈，把一座古石拱桥几乎湮没了。林下有小鸟在蹦跳，惊落黄叶数片；林外是碧绿的菜畦，一片生机。我背对着伯玉墓信步走向梓江码头，去凭吊一千三百多年前那个不朽的灵魂。

762年十一月，杜甫也是乘船来到射洪的，写有《陈拾遗故宅》《冬到金华山观因得故拾遗陈公学堂遗迹》《送梓州李使君之任》《野望》等诗作，他称赞陈子昂是可与日月齐辉的圣贤。

尽管陈子昂的文才与韬略赢得后世隆誉，但鄙视他的人不是没有，往往偏狭地纠结于他成了武曌的御用之人，甚至为杀害陈子昂的刽子手射洪县县令段简大唱赞歌。这个人，就是处于明末清初乱世之际的王士禛（1634—1711）。王有"一代诗宗""文坛领袖"之誉，他避雍正皇帝胤禛之讳，改名为"王士正"。乾隆即位后，鉴于"禛"和"正"连读音都不同，于是再将其改称为"王士禛"。"诗宗"对"文宗"，真是狭路相逢。他在《香祖笔记》写下了罕见的诛心之论：

> 《陈子昂文集》十卷，诗赋二卷，杂文八卷，与《陈氏别传》及《经籍志》合。子昂五言诗力变齐、梁，不须言，其表、序、碑、记等作，沿袭颓波，无可观者。第七卷《上大周受命颂表》一篇，《大周受命颂》四章，曰《神凤》，曰《赤雀》《庆云》《疀颂》，其辞诡诞不经，至云："乃命有司正皇典，恢帝纲，建大周之统历，革旧唐之遗号。在宥天下，咸与维新。赐皇帝姓曰武氏。臣闻王者受命，必有锡氏。轩辕二十五子，班为十二姓，高阳才子二八，名为十六族。故圣人起则命历昌，必有锡氏之规。"云云。集中又有《请追上太原王帝号表》，太原王者士彟也。此与扬雄《剧秦美新》无异，殆又过之，其下笔时不知世有节义廉耻事矣。

子昂真无忌惮之小人哉！诗虽美，吾不欲观之矣。子昂后死贪令段简之手，殆高祖、太宗之灵假手殛之耳。

白云苍狗，蝇营狗苟，该过去的，注定要过去。陈子昂注定是沉默的，宛如他的字：伯玉。

我站在码头的青石台阶上，天空飘起了牛毛细雨，独座山被梓江环抱，宛如一场大梦。原来"龙宝"之名源自民间二龙抢宝传说。从绵阳而来的涪江本地人叫大河；从梓潼、盐亭方向流下来的梓江称小河。两江对撞，涪江成了正朔，梓江憋屈，成了涪江的支流。码头右侧是宽阔的三角洲田畴，依稀可见农民在地中劳作。江上有渔船飘曳，白鹭点点。独坐山顶是金碧辉煌的寺院，而山下是如此凋敝的文宗墓园，近年当地经常豪掷数十万设立各类艺术奖、诗人奖，我想，哪怕从中分出一杯羹，修葺圣地，也不至于让作为拜谒者的我，心怀愧怍，无颜直面历史。

突然又听到苏志华在不远处嘶叫，很激烈。一回头，看见他在与当地诗人蒲小林热烈拥抱。因为蒲小林表示要尽快向上级反映情况，彻底改善这里的环境。苏志华在抹眼泪，又伸手拥抱……"前不见古人，后不见来者。念天地之悠悠，独怆然而涕下。"看起来，这首千古绝唱并不一定非要到北京蓟门边的幽州台而吟诵，守墓人苏志华可能才吃透了全部的苍凉。

临出门，苏志华领我进他无窗户、无电灯的卧室，他从一堆乱柴间摸出一张粘在硬纸板的十寸的黑白标准像给我看。我注视着这张拍摄于2004年的照片，那时他就已经很沧桑了。我大胆说："你是准备做遗像的吧？"他点头，嗷嗷嗷……

真不知道何年何月我还会来。我不向远逝千年的诗人道别了，因为我再来时，墓园定在。我向你道别！别了，守墓人。

从鲁迅纪念馆到梅轩

这两天当当网在大力度地打折，见到"光明日报出版社《鲁迅全集》编辑委员会"推出的 20 卷本《鲁迅全集》，700 万字，折后价 288 元。我是钻石卡会员，还可以再九折，不到 270 元，从排行榜发现购买者并不多。早在 20 年前，我就藏有人民文学出版社 1981 年版的 16 卷本《鲁迅全集》，是借单位藏书，坚决不还而得以保存，我断断续续读过两遍，一见此书，很多伴随青春期的阅读往事就蔓延开来。后来我去过绍兴多次，先后写过《鲁迅的黑暗与博尔赫斯的黑暗》《"抬棺者"的精神宿命》《韵脚何以带血？》《异端的宿命史》等思想随笔，均是阅读大先生文字后的余续。

2011 年春季的一个上午，我和夫人到上海旅行，特意去鲁迅公园，这是我第一次去拜谒鲁迅墓。

春阳普照，我们决定步行前往。四川北路是虹口区的一条南北向街道，全长 3.7 公里。1904 年租界当局越武进路向北延伸筑路至虹口公园，成为南北贯通的交通主干道。此路因与苏州河南岸的四川路相连，遂名为北四川路。"八一三"日本侵沪战争爆发，虹口是战争的前沿阵地，居民外逃。沦陷期间，区内由日本海军管辖，日侨猛增，成天军靴与木屐铎铎，啄木鸟一般，硬生生把地面敲打成日本的森林。1945年抗战胜利后，军人侨属逐批迁返。1946年更名为四川北路。

四川北路两侧的老建筑较多，两楼一底，赭红色的外墙，斜山顶坡面，一直延续到鲁迅公园，道路两侧有不少苍劲梧桐，浓荫将街道压得更窄。公园周边是密集的民居，向前不远看到街的尽头就是鲁迅公园，四川北路在此转身，拐弯西去。两扇铁花工艺的大门右侧灰色门柱上，标有四川北路2288号，集先生字迹的公园酱色木吊牌，大门一侧是临街的餐馆摆放的水盆，水产尤多，鱼气浓郁，直冲脑门。公园里游人甚少，多为晨练的老人，纯粹的老年活动中心。现在的情形就是如此，我的少年时代晨练一律是少年，现在除了廉颇老者，锻炼与走路生风的、急火攻心的"他者"无关。其实在虹口公园一侧，早年建有高尔夫球场及现代运动场，并于1915年5月15日至22日在此举行第二届远东运动会，1921年5月30日至6月4日又举行了第五届远东运动会。

从资料上得知，早在19世纪末，此地已为公共租界工部局所属四川路界外的靶子场，后来划出一部分建成公园，1905年建成并开放，初称"新靶子场公园"，1922年改为虹口公园。因有广阔的体育运动场地，常被军队、警察作为操练和阅兵的场所，最早使用公园的是租界的准军事组织万国商团，上海时局风吹草动，万国商团就入园操练。20世纪20年代各派军阀为争夺上海而发生混战时，万国商团每天清晨和傍晚入园操练，长达两年。

公园甚为开阔，正前方绿草茵茵，花径边有"百草园"意味，右侧即是纪念馆主体建筑，江南庭院，白墙之上有一线黑瓦的风火墙，墙体嵌有周恩来的题字。进门看到大先生的一句话："东方发白，人类向各民族所要的是'人'，——自然也是'人之子'。"按照《新约》所言，耶稣是上帝的儿子，为救赎人类，降世成人，自称是"人之子"，世人亦称耶稣为"人之子"。这本是约定俗成之称，比较固定，不相信宗教的鲁迅，应该不会僭越这一定义吧。当然，他历来有越轨之思，解释为"新人类之子"，也可。

大先生的雕塑在大厅左首，二米五高，鲁迅全身铜像端坐，大先生手执烟卷，神情肃穆，意在沉思。影响中国命运的毛泽东与鲁迅都是"嗜烟如命、手执一缕、绵绵不断"，这种肢体语言也是中土所独有的。但这尊塑像是我所见鲁迅像里最好的，大先生身上特有的"枯"味儿没有了，那种全力回到内在的力道反而凸显出来，这反映在面容上、额头、颧骨、嘴唇力道十足——这固然美化了素来体格羸弱的大先生，但一望即令人肃然，这是东方的思想者。

在二楼可以见到三面书墙，上千本大先生著作或研究专著，每一本用玻璃罩罩定，我心里突然冒起一个念头，这才是哭墙啊。

在转角的小卖部，大先生的各类石膏像，我记忆中最深刻的是陈逸飞的造像，这里也有。另有大量市面书店不易见到的研究书籍，"左联"的尤其多。我买了一套曹聚仁的《我与我的世界》，全价。盖章的是一中年女人，销售纪念章盖得很仔细，而且要盖在书的扉页上。

我没有再参观别的厅室，走出大厅抽支烟。在高大的玉兰花和樱花之下，有恋人在拍照。1927 年鲁迅从广州搬来上海，居住在虹口公园附近的大陆新村，这一带是他常来散步的地方。来到花岗石墓地，发现十几个练太极拳的老人，围坐在那两棵广玉兰周围，在等教练，但教练迟迟不到，他们阿拉姆妈我个台子叽叽喳喳，我不全明白。看得出他们穿作如仪，但即便处于青春时节也长得不好看。大先生的青铜塑像之后，有一男一女在说话，应该处于离婚的主流年纪，私语而大声，蛙吹如哭。他们靠在那里，屁股时不时地从塑像的阴影里冒出来，翘一翘，摸一摸，又退回到庇护当中。我无法拍照，心里颇为不快。

关键在于无法鞠躬——我不能朝着他们的屁股鞠躬。

坐在藤椅里的大先生黑瘦而萧索，充满"枯"的意韵。如果投笔而起，仗剑迈步，他，就是不折不扣的黑衣人。

我开始在公园里游走，看到了"梅园"。我购票而入，门口的黑色石碑上，8个大字颇为刺眼："纪念故人，祈愿和平"。梅园内的梅亭是1994年为纪念尹奉吉而建，即现在的尹奉吉纪念馆。1995年在"梅亭"周围又辟出近0.67公顷，种植梅树200棵，建成"梅园"。

扑面而来的是松柏与鲜血梅花，不是古代书生心目中眉飞色舞的桃花。

我在四川见到的梅花一般是蜡梅花，四川阴冷，蜡梅乍开冬季，没想到沪上之梅稍晚，也踏进春的行列，阳光是花的触媒，老梅之艳，逆风挽起裙裾，让我暗自惊心。想起孙中山为挽徐锡麟联："丹心一点祭余肉，白骨三年死后香。"

2008年，我写作25万字的历史专著《复仇之书——中国历史上的侠义恩仇》时，注意到高丽勇士尹奉吉。

尹奉吉号梅轩，本名禹仪，奉吉是他的别名。尹奉吉1930年流亡到中国东北，辗转青岛后于次年来到上海，认识了当时在这里组建韩国临时流亡政府的金九。1932年4月26日，他在上海加入了"韩国人爱国团"，3天后的4月29日就接受了金九委派，实施刺杀日本军人的任务。4月29日是日本庆祝天皇寿辰的"天长节"，当天他们在虹口公园举行庆祝活动，同时也祝贺他们的"一·二八事变"在上海取得胜利。尹奉吉装扮成日本人混入会场，他将一个日本便当扔到检阅台上。一声巨响撼天动地，侵沪日军总司令伤重而死，日本驻华公使、驻上海总领事、日军第九师团长、日本海军第三舰队司令官等一批在沪的军政要员被炸伤。我们后来从纪录片里看到，日本驻华公使、后任日本外相重光葵被炸断一腿，日本无条件投降后在密苏里号上受降时，重光葵一瘸一拐走上甲板，他的腿就是在这天被炸断的。这几乎是日本自1910年吞并朝鲜半岛和1931年发动"九一八"事变以来，要员损失最为惨烈的一次。在我的视野里，就杀身成仁的成效而论，这可以同舍身炸良弼、"收功弹丸"的成都人彭家珍并论，铁血而壮烈。

尹奉吉坦然被捕，交日本派遣军以谋杀罪审判，5月25日被判处死刑，12月押送日本，在石川县金泽的日本陆军基地内被枪决，尸体被埋葬在金泽墓地的路旁。这一年，他妻子26岁，两个儿子一个6岁，一个仅3岁。尹奉吉是一个情深义重之人，在给儿子的诀别信中，他十分动情地写道："如果你们周身的血液和骨髓依然存在的话，将来也必定成为一个为祖国而效命的勇士吧！把太极国旗高悬在空中，来到我孤单的墓前，酹一杯醋酒，以慰九泉之下我的灵魂吧！"

安重根烈士就义不久，韩国另外一位英雄明竹坡在中国延吉谋刺日本将军未果被捕，他在长春的驿站墙壁上留下了这样的题词："宏大宇宙，斯生弗留。朝鲜祖宗社稷大污点于亡国史上，非破坏于唇齿相依之日本耶！嗟乎，茫茫前途，沉沉大陆，眺望辽云，凄然欲绝。"由此可见高丽英雄的前赴后继（宁调元《太一丛话》）。

想一想鲁迅笔下的"黑色的人"吧，那是杂糅了愤激的尼采、摩罗诗人拜伦与兼爱天下的墨家而混为一色的复仇者，这样的复仇者并非仅仅活在虚拟的写作冥念当中，我以为，尹奉吉就是一个将之落地而溅血、践义的真人。

我在梅轩门内的义举现场标石之前鞠躬。这里距离尹奉吉向日军总司令官投掷炸弹的地方仅有300余米距离。

1936年10月17日这天，胡风在鹿地亘家一同翻译鲁迅作品，遇到了一些疑难问题，便主动提出要找鲁迅请教，因为鹿地亘住在窦乐安路（今多伦路）燕山别墅，离鲁迅寓所不远。在去鲁迅家的途中，正巧碰到鲁迅先生独自在虹口公园散步，于是两人就一同到了鹿地亘家。这一天，是鲁迅先生最后一次散步，也是他最后一次亲临虹口公园。

谁也无从得知他在公园散步想些什么，他具体的散步路径，他是否经过了尹奉吉那惊天一炸的原地。10月份，该是梅花吐芳的时节啊。对于一个早就放弃了希望的人，在病痛中，他尤其清楚地看见了自己的毫无希望……

自问：何为侠义？

侠有辅助、挟持之义；义字指羊，是"用我来宰羊以作祭品"的意思。又因"我"字指宰羊的兵刃，故义字从我。侠义之魂戛金断玉，响彻古中国的锈红色长空。侠义之士就是放弃自我的一群人。拆骨为刀的推刃行为是一种自戕，竟成为他们的唯一选择。喜欢武侠的人，知武而不知侠，慕侠而不重义，就是本末倒置。

到底何为侠义？《墨子·经说上》曰："任，士损己而益所为也。"任——就是去做自己不喜欢的事以解别人之危，牺牲自己，扶危救困。纵观中国侠义史，可以发现墨、儒两家的侠义观最为接近，这也就此造就了中国古代至同盟会凌厉的侠行。在此谱系之下，大可明白"复仇乃春秋大义"的宗旨！

早年鲁迅思想复杂而多元，儒侠是其思想的一方面，"以儒兼侠"就是一个标签。如同乃师章太炎，一样铁黑，一样孤傲，一样怀疑，一样嫉恶如仇，一样永不妥协。距离尹奉吉壮举6年之前，他于1926年完成《铸剑》，文章虽然完于广州，但在厦门时期的构思和准备功不可没，尤其是那种绝望而厚黑的气场，造就了与之拼杀的凌厉血气。

那是怎样的一个黑衣人啊！以黑亮之色逼得头抹司丹康、手舞司蒂克的文人们失色、失名，并以刮骨的词锋使既有的现代文学脱力。

单凭这一篇陨铁铸就的文字，就足以使夏志清的《中国现代小说史》失去诸多义理。

距此仅仅 6 年之后，大先生还是沉默的。决绝与形单影只。黑衣人回到黑暗，构成了黑暗的一个深洞。

他的日记是天天不落空的。淞沪抗战最激烈的几天，日记却出现了罕见的"失记"。有学者考据指出，这几天"失记"，对于鲁迅内心，或许也是一种纠结。出离愤怒了，到了写不胜写的程度？到 1932 年 2 月 6 日，鲁迅和周建人一家以及女佣等 10 人，迁入了更加保险的英租界内的内山书店分店，开始了另一种战时的"席地而卧"的生活。文人依然秉性难改，依旧是逛书店、访书、接待朋友、处理发表事宜。淞沪抗战耗时一个多月，鲁迅在这段时间里，偶尔记上寥寥几笔。2 月 15 日，鲁迅在日记里记载："夜偕三弟、蕴如及广平往同宝泰饮酒。" 2 月 16 日，鲁迅的日记这样记载："夜全寓十人皆至同宝泰饮酒，颇醉。复往青莲阁饮茗，邀一妓略来坐，与以一元。"

上海茶馆因茶客不同，大致可分为上下等两大类。中高档茶馆，如一乐天茶社、仝羽春茶社、如意茶楼、聚宝茶楼、青莲阁茶楼、湖心亭茶楼、绿圃廊茶楼、五云日升楼、一洞天茶社、丹凤茶楼、丹桂茶楼等等，在四马路（现为福州路）一角，即三层楼的青莲阁，雕梁画栋，颇为典雅。青莲阁在上海名头极响——名列为"上海洋场一景"。君子动口，所谓"邀妓"，不过是花 1 元钱和妓女聊天。在鲁粉眼里，认为这是作家体验下层生活。这叫一见短袖子，却没有立即想到白臂膊……

某种沉默应对了某种胜利。尹奉吉用炸弹炸死日本司令白川义则和日本驻沪居留民团行政委员长河端，轰动朝野，鲁迅的日记里连一个字也没有记，他似乎坐忘了，也可能不屑于记，哪怕一个字。我不由得想起昆德拉《笑忘书》第四个故事《失落的信》里，老昆总结说：

"有些人一无所知，却掌握着大量的词语，而另外一些人无所不知，却一个字都说不出来。"

鲁迅刚刚编定《三闲集》和《二心集》，尹奉吉掷出的炸弹惊天爆炸之际，他于当日写出长文《鲁迅译著书目》，这篇《书目》附在《三闲集》的末尾。这是有相当篇幅的考索之文，应该不是一两天完成得了的。文章结尾之处，他自况："当我被'进步的青年'们所口诛笔伐的时候，我'还不到五十岁'，现在却真的过了五十岁了，据卢南（E. Renan）说，年纪一大，性情就会苛刻起来。我愿意竭力防止这弱点，因为我又明明白白地知道：世界决不和我同死，希望是在于将来的。但灯下独坐，春夜又倍觉凄清，便在百静中，信笔写了这一番话。"他在文末注明："一九三二年四月二十九日，鲁迅于沪北寓楼记"。

按照许广平亲口说法，当时位于"北四川路底的电车头停车终点的"拉摩斯公寓距离虹口公园并不太远。看来爆炸声并未波及"百静中"独坐的大先生。

两个无关之人，在公园里仅一墙之隔，感觉何其遥远……

有些事是有巧合的，历史就充满了巧合。尹奉吉事件整整一周年后的当天，鲁迅收到医生西村真琴来信"索诗题咏"，背景是日本医生西村真琴博士在上海战后得失家之鸠，持归养之，初亦相安，而终化去，遂建塔以藏，且征题咏。鲁迅在 6 月 21 日写成《题三义塔》：

> 奔霆飞焰歼人子，败井残垣剩饿鸠。
> 偶值大心离火宅，终遗高塔念瀛洲。
> 精禽梦觉仍衔石，斗士诚坚共抗流。
> 度尽劫波兄弟在，相逢一笑泯恩仇。

所以，不要听着"三义"就妄自比附"刘关张"。"三义塔者，中国上海闸北三义里遗鸠埋骨之塔也，在日本，农人共建之。"诗是名诗，内蕴名句。人在一生里能有一个值得重视的对手是件好事，在对峙多年之后相逢，突然彼此发出会心之笑，想起来是多么令人神往的雅事啊！这样的对手不仅是敌人，而且更可能是知己。但，是不是那些在背后捅刀子的知己，就不好妄自推论了！

我想，人总是原宥自己的，时过境迁，自己与自己达成和解，委实也有可能啊。

因为仅仅 3 年之后，大先生在死亡迫近之际写有文章《死》（发表于 1936 年 9 月 20 日《中流》半月刊）。他说："此外自然还有，现在忘记了。只还记得在发热时，又曾想到欧洲人临死时，往往有一种仪式，是请别人宽恕，自己也宽恕了别人。我的怨敌可谓多矣，倘有新式的人问起我来，怎么回答呢？我想了一想，决定的是：让他们怨恨去，我也一个都不宽恕。"

一些人渴望用语录、摘录、语要之类断章取义来反映说话人心境，何其南辕北辙！这些话语不假，但均是一时一刻真心境的流露，时过境迁，心境不再，话与人似乎不再相互保管。我们更不可将此作为制式的"中心思想"和"段落大意"，进而制作成标签。

一厢情愿的人，希望大先生是"泯恩仇"的冲和之性也好，喜欢他"不宽恕"的决绝也罢，以及追问他的缄默等等，可能都是瞎子摸象。

每每读到现代文人的一些回忆录，我怀疑不少人血管里流的不过是酒色和饮料，后来用以"润笔"。他们鄙视古人、侠士因世仇或道义立场对立而造成的复仇情结，在恩与仇都还没有弄清楚原委之际，就反复倡导化干戈为玉帛、一笑泯恩仇之类的和解方式。胡乔木戏弄周扬后，再赠周扬的诗堪称经典："谁让你逃出剑匣，谁让你割伤我的好友的手指？血从他手上流出，也从我心头流出，就在同时。请原谅！

可锋利不是过失。伤口会愈合，友情会保持。雨后的阳光将照见大地更美了：拥抱着一对战士。""拥抱着一对战士"当然是指胡与周；"逃出剑匣"的"你"呢？这一切，似乎"浓得化不开"了。

如果说连上一代的血债与屈辱下一辈都不愿正视，历史还是一桶糨糊，那么作为一个家族甚至民族，是注定要散架、灭绝的。他们连起码的义务与道德也无力维护，谁能说他们不会遭受上一代同样的命运？作为一个集体、社会而言莫不如此。真正的仇恨是一种比生命更为金贵的责任。所以，不能丑化、漫化鲁迅，但更不能矮化、污化尹奉吉等铁血义士是"恐怖分子"。

一部《春秋》就是一部复仇史。复仇也是鲁迅先生早年挚爱的主题。《铸剑》中，那位代替眉间尺复仇的黑色人宴之敖，我一直视之为先生的精神自画像。那些剑与火谱就的歌声，在肉与骨头的分离中得到了彻底的解放，以血偿血连带利息的反击信念，乃是生命中最粗大的一根支柱！真正地恨着的人，才会明白爱的分量。爱不一定需要理由，而仇恨却一定是冤有头，债有主。

画家黄永玉说过，恩仇是天大的事，岂能一笑泯之！

作家张炜说，"不会仇恨的人谈不上善良，更谈不上宽容。一个人只有深深地恨着那些罪恶的渊薮，才会牢牢地、不知疲倦地牵挂那些大地上的劳动者。"

仇恨的高境界是除自己以外，谁也不知道你心怀仇恨；仇恨的大境界是把恨与爱彻底混为一体，因为仇恨的对象一旦消失，当事人就难以为继。

仇恨的无上境界是已经不关心仇敌的存在，仇恨完完全全平静下来，成了自己的脊柱。

坚持这种操守的人现在已经少得如同高古之物——而且，赝品还占了多数。

…………

　　时间差不多了，我们决定去大陆新村拜谒大先生故居。从山阴路上穿过居民楼，见到一排砖木结构、红砖红瓦的 3 层建筑，大陆新村 9 号的门牌在路边。鲁迅 1927 年 10 月到上海住横浜路（景云里），1930 年 5 月迁入北四川路（拉摩斯公寓），1933 年 4 月再迁至施高塔路（大陆新村），鲁迅在此居住了 3 年半。

　　我们来得不是时候，但找到管理人员讲我们来自四川，他很通融，购票而入，但一直陪同、注视我等行动。来到窗户紧闭的三楼，我深吸一口，竭力感受那里的气息。小露台、棕绳绷床、写字台，"且介亭"，大先生的这个书房命名就像一个火药的发射台……管理员说这个文保单位很特殊不得安装电器，怕火灾。楼内极闷热，设想若是夏季，住在这里如何得了！感觉有点别扭，拍照几张即出。记得萧红曾在小楼前的台阶处拍摄过一张照片，刘海下眼眸翻飞，苗条而楚楚动人。我让夫人蹲在那两棵铁树之间的石门坎上，"同机位"拍摄了几张。回来一看，效颦之作全然不是那种民国味道。

　　在大陆新村 9 号门楼对过马路的地方，是东照里，随意往里一走，看到标明"山阴路 133 弄 1—113 号"门牌的平房水泥墙头，有两个漆有绿色油漆的木窗户。之上居中是"文明小区"塑料奖牌，右侧有暗金色"山阴路 133 弄 12 号瞿秋白故居"塑料匾。左侧钉有一小块白底黑字木牌："瞿秋白故居"。木牌油漆脱落、污渍斑斑，走近细看，发现污渍下五个字的字迹原为墨绿色，这是因陋就简之举。木牌的上方和左方各有一块沪江律师事务所的吊牌，右面则是街道设置的金属框玻璃面的时政宣传栏，谁都明白，这是摆设……

　　前不久读永田圭介的力作《秋瑾——竞雄女侠传》，提到 1905 年 12 月 8 日，陈天华因抗议日本颁布"取缔清国留学生规则"而蹈海自杀。翌日，中国的留日学生在留学生会馆召开追悼会，商讨集体回国。

不料发生激烈争论,官派留学生反对回国,一个身形瘦小的男青年绍兴话音颇大。秋瑾推开众人,拔出腰间佩刀,指着小个子和另外几个蛙噪者,宣布他们"死刑",用普通话大喝:"投降满虏,卖友求荣。欺压汉人,吃我一刀!"

这个小个子,即是周树人。当然,这也可能是无根的事。

母亲的三片落叶

堆在南山高坡上的光

2023 年 1 月 21 日，大年三十。

中午时分，我驾车抵达老家自流井。听到门里钥匙转动的声音，持续了分把钟，母亲终于把门打开了，她一脸笑意，一手扶杖，一手要来接过我手里的一大堆年货……十几天未见面，她似乎变得更矮了。母亲作为盐业代表队的女排队员，参加过共和国第一届全运会。这些 60 年前的往事，其实过去得很慢、很轻。我目测，她现在身高最多一米四。

回家路上，母亲给我打了好几次电话，问我到了哪里。我一一回答，她不停地发出笑声，"那就快到了。"

保姆吃过早餐就放假回家了，桌子上什么也没有。我说，妈妈你看电视，我来做饭。她笑盈盈地看电视，没有说话。看得出，由于老年性疾病的不断发作，她大脑有些发木了，她什么也没准备，也不知道今天是什么日子。我提醒她，今天是大年三十啊！她笑盈盈继续看电视，没有说话。

等我买菜回来再把年饭做好，已是下午4点了。

看着五六道菜，她只喝了一碗鸡汤，说："儿子能干，鸡汤真好喝。"

然后，她就看着我吃。

我说，妈妈，你这一阵也没有出过门，我们下午去看看父亲，这是当地的风俗。

她脸上出现了犹豫的表情："我怕，爬不上那个高坡……"

我说，你上得去的。儿子在！

开车来到市郊的南山公墓，已近6点了，夕光四散，在数千块花岗岩的墓碑上点燃了十万根烛火。我买了2束菊花，搀扶母亲往南山高坡上走。

祭扫的时令已过，偌大的墓区只有声声鸟鸣，把层累而上的丘陵点染成袤远的莽野。鸟鸣山更幽，但鸟鸣中的墓碑，正在被声音一点点放大。

一个穿银灰色套装的女人走在我们前面，西王母式的贵妇头打扮，她手里的菊花非常硕大，金黄发亮，显然不是本地的品种。她的身段摇晃在树荫的间隙，一会儿银光漫过了人影，一会儿灰色大面积地覆盖了她的腰身。她凝重地走在前面，我猜不出她的年龄与模样。

连她毫无声息的高跟鞋，也是银色闪烁，仿佛大西王张献忠沉在岷江江口五百年的银锭，突然与阳光对视。

银光具有鱼鳞一样游移不定的性质，并有固执的漫漶之力。渗透到自己的轮廓之外，不断把他者的注视纳入麾下。但灰色却逼出了火山灰似的岑寂，混合成一种铅色，似乎比天际线显得更为冷远。

母亲说，"前面这个人，也是来扫墓的？"

我说，妈妈，歇息一下。其实我们仅仅上升了五六米。母亲脸色潮红，连皱纹也舒张开了，喘得很厉害，我听得见她的肺叶剧烈的蠕动声，那些气流在鼻腔里发出怪响，就像一只蛰伏的昆虫醒过来了。

我们再走。她的脚在颤抖。拐杖在石头上发出急促的叩击。由于这一段台阶没有扶手，我紧紧抓住了她的胳膊。隔着羽绒服和毛衣，她的手臂好细啊！就像我抓着三四岁的女儿时那种感觉。

母亲大口喘气，鼻腔里的那只昆虫发出的声音更为响亮了，几乎是在鸣叫，有翅膀扑打树叶的声音，也有羽翅撕裂的声音，有昆虫把鸣叫器干脆倒翻出来的那种无蔽的声音。最后的五六米，她实在是走不动了。我夹住她，几乎用一只手把她提着走。她不重，至多八十斤。

来到最高处的平台，母亲的脸就像一张水浸泡过的红纸。汗珠从稀疏的白发间留下来，我赶紧用餐巾纸给她擦拭。我才注意到，我的手心全是汗水，那是透过她的羽绒服渗透出来的。

我给母亲点了一支烟。这是母亲多年的嗜好，也是唯一的嗜好。她发乌的嘴唇一直在颤抖，布满干裂的细纹，她的腿一直在微微晃动，她猛抽了几口。

她把烟还给我："我不想抽了。"

通往父亲墓地的甬道两侧，有两棵蜡梅花树。花朵半开半闭，毫无香气。显然，这是拒绝吐香的梅花。我们站在树下，大口呼吸。这就像一个心事深重的人，恒久沉默着，看着时间的青苔渐渐在身上蔓延。也许高人可以化解这淤积之力突发的倒灌之势，但寻常之人的确缺乏这些修为。

梅花树上的黄叶片还没有落尽，也许它们还沉浸在深秋的长梦里难以返回深冬，或者找不到回来的路，抑或将香气提前吹往一场更为遥远的回忆。我伸手触碰头顶的梅枝。花瓣纷飞，带来了一场细雪。呵呵，这棵梅树终于松口了，我闻到了几丝幽香。三尺之外，迎风即匿。恍若花树缝隙间露出的美人之腰，一弯一曲，融于灯火与黑夜交织的间隙，徒剩一团淡雾。淡青色的砂岩石板，在松枝与柏树的簇拥下，山风打扫了上面的所有落叶。

通往父亲墓的道路，我陪母亲走了16年，每年来两次。

以前每次来，母亲总会带几个水果和糕点作为祭品。记得有一次，我忘记带酒，母亲不高兴，我立即下山去买了一瓶补上，母亲表情才平静下来。现在她站在旁边喘气，金属拐杖在石板上发出毫无节制的叩击声，她的腿抖得很凶。我掏出帕子打扫墓碑；把祭品摆好，菊花摆放在正中。墓碑上拓印的父亲照片，因雨水的侵蚀，已大半模糊了。

母亲说："酒呢？"

我把一瓶酒缓缓倒完，这瓶酒还是姐姐的同学送我的酱香酒。酒香四溢，酒在干燥的大理石上乱走，画出了一幅奇异的图像，有点像嘉祥的荆轲刺秦王图。

这个墓穴，是20年前父母买下的合葬墓，并不大。记得16年前安葬父亲时，在管理处刻制墓碑，按习俗，父亲的名字排在上面，下面预留母亲的名字，当时母亲明显就不高兴。我立即说，父亲的名字就正列，就不预留母亲名字的位置了。这一说，母亲的表情就自然了。

母亲弯着腰，突然说："蒋寿昶，我很快就要进来与你见面了。儿子，你每年肯定会来看我们的。"

我怔了一下：妈妈，你喜欢甜食，我自然都会带来的。

她说："水果就不要带了。可以带些桃片糕！"

我忙说，妈妈放心，我会记住的。

她知道到时候我会重刻墓碑，母亲一个字一个字地说："你记住，那个人的名字，不能刻到墓碑上……"

我没有说话。我磕头，母亲站在一旁，目光低垂。

我搀扶母亲，一步一步下山。

我不禁想起幼年一件往事。那时我七八岁的样子，某天晚上父亲带回一本单位上的科普杂志，封二印有几幅石林的黑白照片，我一字不落地看完图片下的文字介绍，说水沿着石头节理面溶蚀，随着裂隙加深加宽，分离出石峰石柱。锐化的石峰石柱组合在一起，形成了石林……我突然把头埋在母亲大腿上大哭起来。

那是我第一次想到了死。我死了，我就见不到爸爸妈妈了。

为什么石林会让我想到死亡呢？透过50年的间隔，至今我也不能回答这个问题。当时母亲抚摸我的头，没有出声。

我对母亲说：我第一次想到了死亡，大哭。可是你没有说话。

母亲笑起来："你还记得啊，我记不清了。这也没得什么大不了的，就等于人睡过去了，就像那些石头。我一点也不怕。"

甬道旁边不但有蜡梅，还有红梅。蜡梅花凋谢，红梅仍在怒放。在我眼里，红梅不像是蜡梅花的妹妹，倒更像是它的试管婴儿。

一步一步下山，天光顺山势向高空斜照，就像一场露天电影，喜怒哀乐都在天上幻灭。我抓住母亲的胳膊，一步一步走向深水区。燕子、蝙蝠以及白鹭在山踝一线起起落落，不断把暗处的线条高抛起来，一旦进入夕光的边际就迅疾被溶解了，成为暖光的同盟。就连那些蓝花楹的顶端，似乎也被浸染成红枫。

那个穿银灰色套装的女人，毫无声息跪在一个墓前，双膝前垫了一张毛巾。她双手捂脸，我看不清她的模样。她挺直上身，像一个学生那样全神贯注。听到母亲拐杖扣地的声音，她很快起身拐进了下山的甬道。她每走一步，高跟鞋就会抛起两片银箔的翅膀。银光从来就是拒绝透视的。昏暗的暮色里，她的气韵透露出来的不屈不挠，似乎比身影更为坚硬，焕发出白蜡虫的底色。

夕阳已彻底落山了，但西天倒映着一脉红霞，这是一幅描红作业，为上空堆积的大片暗云镀上了一层暖色蕾丝，在等候一个神奇的图景君临。看上去，云与天光和谐统一。

灰色的回忆之云，让顶上的光照继续徘徊。在一再坚拒的过程里，灰色逐渐被光渗透，从内部颠覆，逼出了东躲西藏的一根根亮丝。这样，逐渐在铅灰色的色泽上落定。而光在继续涌入，并与云达成了深度和解，在空中就铺成了跃动的银灰色，宛若一袭大氅，独自空飞。

我想，为什么死总会呈现灰色的隐喻？

银归银，灰归灰。银子如人参、如地精在浸入的视觉里不断奔跃、不断异形换位。灰色是银拉长的影子。银是什么，是母亲散乱而稀疏的白发。

我清楚地意识到，这是我最后一次带母亲来这里，让她看清自己的家，以及通达住宅的每一棵树，和 62 级台阶。

末了，我要解释一下为什么要记录银灰色。

按照鲍德里亚的意思，我们不该说"别人存在着，因为我跟他相遇过"，而应该说"别人存在着，因为我'跟踪'过他"。因为"相遇、对峙，总是太真实、太直接、太不得体，其中毫无秘密。你可以看到，那相遇的人们并没有相互结识、没有坦承自己的身份……我不用接近他，就比任何人更了解他。我甚至可以像 S（在《威尼斯随行曲》中）那样任他走开，同时确信明天可以在这座城市的迷宫里、在某种星象图下（因为城市是弧形的，时间是弧形的，而游戏规则一定会将参与者带回到同一轨道）与他再见。"

必当浮一大白！

山下，我用纸巾为母亲擦汗。汗早已蒸发。她平息了。她向我要了一支烟，这次她抽得很舒缓。我们看到那个穿银灰色套装的女人，驾驶一辆银色的奔驰车无声滑过。

几只鸟儿忽前忽后跟随着汽车，在渐次暗淡的空气里用飞舞的线条打了一个死结。

但是，空中的死结在挪移中又解开了。鸟飞，但影在。

鸟语尚未回归，它们参与了黄昏的聒噪，并幻想用蝴蝶的诱惑之翅来打开一种拐弯的叙事。记得安葬父亲的当日，我手指里的北风还有几分悲哀的残迹，一不留神，疼痛就瓦解了一次握手与挥别。许多词句在打开悲欣，让倾诉失去了水分。我不是一个特别敏感的人，母亲也不是，晦暗的天光下并非凄凉，而是山野的安静。这几年都是暖冬，不再遥远的春天正在用唯一的理由靠近山踝。

墓地位于市郊，农家不时爆出鞭炮声，还有焰火升串而起，但并不能照亮整个 U 形的墓区。堆在南山高坡上的夕光，宛若纸钱熄灭后暴起的点点火星。无辜的光，一地闪烁的全是任人拾取的信任。

我对着落日染红的山梁出神，远景里有两棵高大的水杉，道具一般不真实，纸风景。置身郊外，红尘的每一个细节才有可能从蛰伏的地表下渐次涌现。

母亲抬头看了看山脊，说："儿子！天黑了，我要休息了……"

广场上的刺桐与蓝花楹

2023 年 1 月 22 日，大年初一。

一早我清理了她必须服用的药，餐前、餐后有 12 种。

母亲想吃汤圆。冰箱里没有，我出门设法。

其实母亲糖尿病已较严重，本不能吃甜食。但她嗜糖，却是终身性的。四川一地不同于别的地方，服务行业往往只休息大年三十的下午半日，大年初一也是早早开门了。

回来，发现母亲在看书。这十几年她只读了几本书，全是我的作品：《成都笔记》《蜀地笔记》《锦官城笔记》……她读得最熟的是我写亲情的散文集《至情笔记》，她基本可以复述其中的全部细节。《至情笔记》里写了父亲，写了青青，没有单独写她。

母亲坐得笔直，一口气吃了 10 个汤圆，还把汤圆水也喝得干干净净。我在一旁对她讲，四川以前有一句俗话，叫"乱想汤圆水喝"。旧时糖很珍贵，华阳、邛崃等地百姓吃汤圆是没有糖心的，糖是直接放在煮汤圆的水中，这也是成都俗语"乱想汤圆水喝"的出典，意思是非分之想。

母亲说："我们家开设有大糖坊，都是你外公、外婆亲自动手，家里糖遍地都是，堆成山。家里还有电话……"

母亲的出生地在银山，属资中县辖镇。唐朝置银山县，宋朝废县设银山镇。1911 年改银山乡，1951 年复置镇。位于沱江之畔，历来是蔗糖的主产区。记得几年前我带她、姐姐、女儿一道回银山镇探访。

母亲老宅宛在，几百平方米的大庭院曾经作为县粮食局的仓库，现在改做幼儿园。今天是周末，我们得以进入。母亲站在庭院里，没有说话。她看着两棵老桂花树，良久，才说："我记得离开老家到成都去读书，那是 1952 年吧。我和一个女同学结伴走了 2 天才到华西坝……"

姐姐问：那时外公外出拉纤，死在三峡。你们一大家怎么办？

母亲说："那时候正在修公路，碎石可以卖钱。沱江碎石很多，但能卖钱的只有两类，一类是鹅卵石，一类是石灰岩，要敲成小孩拳头大小，还要大致呈四边形，真是累死人也赚不了几个小钱！敲碎石有很多窍门，初摸此路的外婆，带着我几个兄弟认为有力气，还打不烂一块石头？举起锤子就敲，光秃秃的石头一滑，正好砸到腿上，立即痛得龇牙咧嘴！后来他们熟练了，都用一个草绳编的绳圈，或者草袋子，把石头四周箍住，用锤子猛敲，碎裂的石子就不会四处乱跳。鹅卵石、石灰岩十分坚硬，要提高碎石的速度并非易事，很熟练的人，从天蒙蒙亮干到天黑，很多人在碎石工地吃两个红薯，顶多也只能完成一个立方。由于体力消耗太大，工钱全填进肚子。碎石是按照立方来计算的，但堆在地上怎么统计呢？石子的买主，多是单位，如建筑、公路、铁道部门，派个施工员，量个石子堆的周长和高度，用简单的公式就算出了体积。到后来，丈量都免了，干脆进行估算，说多少就多少。外婆哪敢得罪这些领导，明知吃亏，只好忍了。你外婆从来不说什么……"

我们来到江边，江边还有卵石场，但都是碎石机在操作，看不到铁锤在卵石上碰出的火星，那个黑乎乎的吞口里发出惊天动地的碎裂声，那是石头的叫喊……

中午我们在街头一家小店吃沱江鱼，一个老人对老板说，"六小姐回来了！菜整好哈。"说完笑笑就出去了。结账时老板优惠了不少，说是他父亲的意思。

那是母亲最后一次回乡。

我说，今天天气好，太阳出来了。我们出去散步。

来到汇东停车场，附近有一个不大的广场，早已禁止燃放鞭炮了，所以广场上甚是整洁，几排座位成了落叶与鸟儿的栖身之地。我们坐下来，母亲微笑，不说话。

不远处有一个老人在练功，进入深度止念状态。风把他的长袖飘起来，也把他的白发扬起。老人纹丝不动。母亲退休前后练过功，我说你能单脚站立一分钟吗？

母亲说："以前可以站两三分钟。一晃，三十多年过去了。"

刺桐花丛丛而聚，高举向上的火炬，在空旷的视野间显得格外惹眼。我捡起地上的几朵刺桐，交到母亲手里，说你以前见过吧。

她说："银山镇没有，那里只有构树、桐子树，还有无边无际的甘蔗林。"

母亲其实很熟悉这个小广场，这也是附近唯一的广场。18年前女儿青青出生，我在成都工作，经济并不宽裕，只好请求年迈的父母代为照顾。他们没有多话，放下几个月大的女儿我就走了。记得是夏季的一个下午，朋友龚伟到长途汽车站接我，直奔汇东小广场而来。

我看到父亲、母亲正拧着青青在学步。父亲心细，用几条软毛巾结成一根绳子，缠在青青腰背，这样就不会勒着柔嫩的身体。

父亲用力提着，母亲在青青身前，手舞足蹈。

父母看到了我，指给青青看，"这是谁呀？"

两个月不见，青青静静地看我，然后跌跌撞撞地朝我走来……倒在我怀里。爸，爸。

记得是去年母亲病重了，我带女儿几次回自流井，还有她的大狗金毛。也是一个早晨，我带女儿来到广场，坐在同样一排长椅上。女儿身高 1.75 米了，还是一个孩子。青青说："真的，我记得起你来看我的时候！那时你的头发很长、很浓……你给了我一把酸酸糖。"

我转过身，打量母亲。她眼光低垂，地面瓷砖的缝隙笔直，她的思维似乎从这里出走了，而且游走到了一个陌生的所在，几个拐弯后，找不到回来的路了。

妈妈，妈妈！

"哦，儿子，你说的青青小时候的事。她最喜欢落在地上的花，捡起来就往嘴里送……"

我说，青青马上高考了，连续四五次考试名列全年级第一。

母亲哈哈哈大笑。出气一大，鼻腔突然发出了异响。

我给她点了一支烟。

我说，西汉时期，蜀地大文人司马相如，对四川人有一句评语，非常之人做非常之事立非常之功。什么意思呢？我准备自问自答。

母亲说："不是一般人，做的就不是一般事！"

我说，很正确！

见她舒缓了，我才说，我正在写一本书，叫《苏东坡辞典》，我准备去一趟湖北黄冈市考察……

这次，她反应极快："你什么时候走？"

我有点嗫嚅，要不就今天下午动身，我早点回来。来回刚好 3000 公里。

母亲叹气："你啊，明天走吧！春节路上车辆很多，你开车跑这么远，也不要心急。我还稳得起。"

回家路上，见到几棵蓝花楹，绿树婆娑，可惜没到开花的季节。我说，你要记住这种树的名字。母亲随身背着一个小包，除了手记就是一个小笔记本，那还是我几年前给她准备的。凡事，有意用笔记录一次，这是抵抗衰退的办法。她本能地掏出笔，我写上了。

她看了一下："蓝，是你的名字。青青喜欢花，我记得住。"

一阵风吹乱花树，奇怪的是，蓝花楹上竟然落下来一些梅花瓣。估计是干枯的梅花被风吹散，刚巧从蓝花楹树叶间再次筛落。当然了，这甚至就是一次上苍刻意的安排，梅花立在蓝楹枝头。无所谓凋零，也无所谓盛开。春天并不在草间，冬季也没有咄咄逼人。

黎明的风，在草木之间发出天籁，那是庄子的"吹万"之声。我们唯有置身其中，竖起耳朵，方能得到和解，或者不和解。

我计算了时间，还是决定下午出发。

母亲坚持要送我，这是多年以来形成的习惯了。来到地下车库，见我发动车，我本准备给她挥手。我突然决定，妈妈，你上车！到了出口你再步行几步回家。

母亲一听，很高兴。她坐定，立即就去拉安全带："你的车好漂亮，气味也好闻。"

从地下车库到出口，二三百米的距离，我突然产生了一种诡异的预感：也许这是她最后一次乘坐我的车了。

我停车，为她开门。她已经没有力气独自从座位站起身了。拉她的手臂，羽绒服竟然是湿漉漉的，是汗水。虚汗。

"你一路慢点！你是非常之人。"母亲说。

后视镜里，母亲扶着拐杖，挎着小包，脚穿姐姐带回的厚棉鞋，戴着羊毛软帽，雪白的头发在帽檐下欲飞，她还是那个银山镇镇长的六小姐！她向我挥手。她的嘴唇在嚅动，似乎在说什么。

是在重复"非常之人"吗？

直到汽车拐弯，看到母亲还站在原地，手已放下了，正对我的方向。

仰头看云，低头看路，云在走着最安静、最无蔽的路，母亲站成了我身后的云。我看着越来越小的母亲，我所写下的全部雷电与白雪的绝句，是缘于与你的分多聚少。

我的眼泪下来了。

天黑了，我要休息了

2023 年 1 月 25 日，大年初四。

站在黄冈遗爱湖畔，尽管是零度，但湖水深碧而微澜，明丽的阳光散落在偌大的湖面，恍得有些睁不开眼。我的单反相机突然落地，镜头上的 UV 镜片碎了。见我在清理碎玻璃，一个年龄与我相仿的男人靠过来："先生从哪里来？哎呀，运气不好啊。不过问题不大，相机应该可以用。"

一来二去，我知道对方是本地的摄影玩家，姓陈。我告诉他我来此行的目的以及名字后，他用手机百度了一下，走了回来："失敬失敬！我今天没事，全天为你当向导如何？可以节约不少时间……"

陈先生乃当地中国电信公司的副总经理，带我去寻访东坡园、雪堂、黄泥坂、临皋亭、东坡赤壁、定惠院……还为我买门票、请我吃饭。他说，这是苏东坡冥冥之中对家乡人的特别佑护吧。我想，更有母亲的加持。

看到表哥的来电，我就估计不妙。

表哥是我们家在自流井唯一的亲戚了，平时基本靠他关照母亲。他说，母亲今早起不了床了！但人很清醒。

我决定中断考察，立即返程。我原来准备过完春节，送她再回到成都那家医养结合的医院。那个地方去年母亲住了一个月，拘束太多，闹着坚决要出院，她甚至给每一个亲戚打电话发牢骚，她说死不算什么！我实在没办法，才把她接出来……现在，我马上给这家医院联系好了床位。

26日深夜12点抵达成都。翌日中午前到达自流井。这一路，没有接到她的电话。

见我匆匆走近，母亲笑起来。她的手支撑身体，她想坐起来，但没有成功。脸很红，呼吸急促，肺部应该有炎症。给她服用了青霉素胶囊，我背她下楼。幸运的是，我一下就找到了那套20年前准备的寿衣，那是母亲托表哥一家买好的。

临出门，她问："我的书呢？"

她说的是我的那几本书，无论多少次在成都与老家之间折返，书总是随身而走。

这一次，我顾不得这些了。

立即去银行，母亲的存折都在我手里。工作人员看到我背着老人上门，八成也估计到什么，手脚麻利开始清理存折。母亲一言不发，签字利落，非常镇定。她当了一辈子医生，现在她签的名字反而工整异常。

一上车，我从倒车镜里就发现她的异常。她在拼命扭动拐杖。表哥问："姑姑，你在干啥呢？"

母亲笑了一下，欲言又止，但总算停止了扭动。

车到中途，她说不舒服。她突然站不稳了。我背她进站休息，她也蹲不下身……

半个小时的来来回回，她的羽绒服早已被汗水湿透了。

我心急如焚，车开得很快。天光渐渐暗下来了。

母亲突然说："这是哪里？"

我说，马上到成都了。

母亲说："天黑了，我要休息了！"

这是她说的最后一句清醒之语。直到躺在医院床上，她再没有对我说什么了。

天黑即睡，这是母亲近一个月来的变化。可惜，我明白得太迟了。

5 天之后的深夜，母亲病逝。这一个月里，妈妈的家族走了 3 个人。

现在，母亲的骨灰盒就在书房里，距离我 2 米的地方。记得完成《苏东坡辞典》时，恰是清明节。我在"后记"里说："我没有时间，我也没有心情，因为我来不及去悲痛了……处理完母亲的后事，我开始全力以赴地写作。但母亲派发的落叶，在我眼前摇摆起伏，成了本书叙事时断时续、文情阴晴突变的唯一原因。母亲的骨灰盒一直放在书房里，每每写到卡顿之际，我常站在她面前凝望，上面镶嵌着她青春时节的照片，给她讲一个苏东坡的段子，然后又回到我写作的掌子面……"

我写的过去都是风雨的字迹，一不小心就碎在窗户上，散成了灯火阑珊的回忆。今年是往年的折射，梅花依然飘香，蓝花楹注定会绽放。透过窗玻璃，重床叠屋的图景可以让玻璃反照成为一面镜子。由此，我看见无尽的长日其实只是一日。

你和你自己谈话，一地听不见的词语都涌入镜中，都破碎了。

我和我自己谈话，满是听得见的词语都涌入笔端，都装满了。

我和你说的碎语，道得明听得清，是诀别，而不是再见。

2023 年 4 月 30 日于成都